FOLIO POLICIER

Hervé Le Tellier

La disparition de Perek

Une enquête de
Gabriel Lecouvreur, dit le Poulpe

Gallimard

La première édition de cet ouvrage a paru
aux Éditions Baleine en 1997.

Membre de l'Oulipo, Hervé Le Tellier est l'auteur de plusieurs livres remarqués, parmi lesquels *Assez parlé d'amour*, *Toutes les familles heureuses*, *Moi et François Mitterrand*. Il a reçu en 2013 le Grand Prix de l'humour noir pour ses *Contes liquides* et, en 2020, le prix Goncourt pour *L'anomalie*.

PRÉFACE

« Un "Poulpe", avait insisté Jean-Bernard Pouy, ça se pond en deux mois, ou tu oublies… » Stendhal et sa *Chartreuse* en 53 jours, ce n'était pas moi, mais le polar « pulp » est un genre, avec ses codes, et je m'y suis plié : bon gré mal gré, trois pages par jour, pas de relecture ou si peu, des clichés ici et là, qu'on requalifiera, en guise d'excuse, de second degré. J'ai écrit dans cette urgence et, pour cette réédition, j'ai relu sans rien corriger. J'y retrouve mes penchants, mes travers : les références (autoréférences parfois) sont nombreuses, et Botul (dont l'aventure commençait) comme l'Oulipo sont omniprésents.

Les « Poulpes » avaient aussi un « cahier des charges », qu'imposait l'écriture collective d'une série et qu'avait édicté Jibé (Pouy) dès l'origine : un meurtre initial, des personnages récurrents, un déroulement structuré. C'était plaisant.

Écrit voici près de trente ans, ce « Poulpe » a déjà son côté Je me souviens. Les rares portables étaient des Nokia, on mettait cinq francs dans le flipper, le 3615 existait encore, et certains roulaient en

Safrane. Les plus jeunes, pour tout saisir, consulteront Wikipédia.

Enfin, j'aime bien ce titre : La disparition de Perek… À l'Oulipo, d'aucuns m'ont dit que c'était « gonflé ». C'est vrai. Je doute malgré tout qu'un seul lecteur s'y soit trompé, et ait dû ramener cet ouvrage, furieux d'y découvrir autant d'« e ».

Je prie que ce ne soit pas votre cas.

Hervé Le Tellier

À Robin Cook

Nous autres, pauvres canuts, nous pouvons pas nous payer le médecin ; alors, nous mourons nous-mêmes.

in *La plaisante sagesse lyonnaise. Maximes et réflexions morales* recueillies par CATHERINE BUGNARD

10 avril, 19 h 30
Hôpital militaire du Val-de-Grâce, Paris 14ᵉ

La sueur perlait sur le front de l'adolescente qu'une tente stérile protégeait du monde extérieur. L'infirmière glissa une main dans le manchon de latex, lui essuya délicatement les tempes d'un mouchoir. Sa température frôlait désormais les 40 °C, et depuis vingt-quatre heures elle n'avait pas ouvert les yeux. Deux tubes de perfusion, fichés dans son avant-bras droit, remontaient jusqu'à deux poches plastique translucides suspendues à une potence d'intraveineuse.

L'infirmière nota sur la courbe – 39,7 °C –, vérifia le niveau des liquides, et s'éclipsa sans un mot.

L'homme assis à côté du lit n'avait pas levé les yeux. Son regard ne s'arrêtait d'ailleurs sur rien, sa barbe de trois jours ajoutait dix ans à sa cinquantaine. Il avait posé son front contre la barre métallique du lit, laissait le froid l'endolorir lentement. Il fit le geste de se redresser lorsqu'un médecin pénétra dans la chambre, mais ce dernier posa sa main sur son épaule :

— Restez assis, docteur Louvain, je vous en prie.

Le médecin saisit une chaise de visite et tendit à son confrère un dossier cartonné. Celui-ci l'ouvrit, résigné, et le consulta lentement, feuille après feuille, en silence.

— Je crains de ne pas avoir de bonnes nouvelles, docteur Louvain. Nous avons identifié la source de l'infection dont souffre votre fille : il s'agit d'un flavivirus de souche West Nile, qui a dégénéré en méningite cérébro-spinale. D'après Pasteur, son sang présente des taux élevés d'anticorps récemment synthétisés.

— Comment a-t-elle pu contracter cela ?

— Une simple piqûre d'insecte aurait suffi... S'est-elle rendue en Ouganda récemment ?

— Non, pas du tout.

— Dans un pays du bord de la mer Noire ? Comme l'Ukraine, la Turquie ?

— En Roumanie, oui...

— Je crains que ce ne soit là qu'elle a été contaminée. Les oiseaux migrateurs transportent la maladie jusque là-bas, les moustiques font le reste.

Louvain hocha la tête, tandis que le médecin poursuivait :

— Nous ne disposons d'aucun traitement efficace contre les méningo-encéphalites d'origine virale et l'infection résiste à tous les antibiotiques que nous lui administrons. Nous essayons depuis quarante heures avec du Prothelac, mais je ne peux rien garantir non plus. Le Prothelac est un dérivé de la dicloxacilline, la forme de la molécule est juste un peu différente.

— Je sais, oui, coupa Louvain.

— Pardonnez-moi, docteur. Je…

— Et si le Prothelac ne suffisait pas ?

— J'allais vous en parler : pourrait-on expérimenter un antibiotique récent ?

— Tout ce que vous pourrez tenter…

— Celui auquel je pense est le Cyclohexil. Il est en test sur des volontaires atteints de tuberculose osseuse et n'a pas encore reçu l'autorisation de mise sur le marché. Légalement, pour l'injecter à Virginie, il me faudrait son consentement, mais je me contenterai évidemment du vôtre. Acceptez-vous de signer toutes les décharges nécessaires ?

— Évidemment.

— Je vous les ferai parvenir.

Louvain se leva en soupirant et fit quelques pas vers la fenêtre. Ses paupières se gonflaient de larmes. Derrière lui, le médecin toussa, embarrassé.

— Docteur Louvain…

— Oui…

— L'organisme de Virginie s'est considérablement affaibli, malgré les perfusions de glycol et de vitamines. Si Virginie devait… Je voulais vous dire à quel point toute l'équipe…

— Oui, je sais… Vous avez fait tout ce qui était possible et au-delà. Je vous en remercie.

Indécis, le médecin hésita encore un court instant, avant de parvenir à quitter la chambre. Alors, Louvain laissa tomber sa tête entre ses mains, et les sanglots montèrent en lui comme des vagues.

Virginie allait mourir. Demain, après-demain au plus tard… Et, à peine sa fille unique serait-elle morte, à peine aurait-il accompli ce qu'ils attendaient de lui, qu'ils le tueraient.

11 avril, 16 h 55
Aéroport du Bourget, hangar 13

Un crachin sans vigueur bien que pénétrant voilait la banlieue d'un gris terne. Philippe remonta le col de sa parka et assura la capuche sur sa tignasse blonde. Il grelottait malgré tout : en escaladant le toit du hangar, il avait déchiré la manche de la parka et l'air s'insinuait par le pli du coude. Philippe sauta quelques secondes sur place, se frappant les bras contre le corps sans parvenir à se réchauffer, et se résigna enfin à s'asseoir en tailleur. Il se serait giflé d'avoir oublié la couverture : le gravillon crasseux agglutiné au bitume était gras, humide et glacé, et tout à l'heure il lui faudrait s'allonger vraiment.

Le garçon avait entreposé à ses pieds le téléobjectif 300 mm qu'il avait loué, et deux boîtiers Minolta chargés. Au cas où il aurait assez de temps. Pellicules 1 600 ASA poussées à 3 200, moteur réglé à une prise toutes les demi-secondes. Il regarda sa montre. Dix-sept heures. Si le jet avait du retard, il ferait trop sombre, et tout serait à refaire.

De ce poste d'observation, son regard embrassait l'entrée du hall d'accueil, toutes les pistes d'atterrissage, le parking et la bretelle d'accès depuis la nationale 17. Pour photographier le terminal côté piste, il lui suffisait de parcourir dix mètres jusqu'à l'angle nord du bâtiment. Un petit point rouge clignotant apparut dans le ciel. Philippe colla l'œil au viseur du reflex. L'avion passait très haut et filait vers Roissy. Ce n'était pas encore l'heure. Une nouvelle rafale de vent balaya le toit et Philippe frissonna, fourrant ses doigts dans la tiédeur de ses poches.

Un crissement de gravier le fit sursauter. Par réflexe, il s'accroupit aussitôt. Deux énormes limousines noires et trois breaks Mercedes s'étaient immobilisés en file indienne devant le terminal. D'excellents moteurs, puissants, bien réglés : seule la vapeur des échappements prouvait qu'ils tournaient.

Avec un synchronisme étonnant, une demi-douzaine d'hommes en treillis marine surgirent de l'avant de chaque véhicule. Tous portaient un radio-émetteur clippé à la poitrine, un micro-casque leur enserrait le crâne. Ils firent sortir deux bergers allemands de la porte arrière des breaks, et rapidement le petit commando inspecta les allées presque vides du parking, puis le hall, échangeant quelques mots brefs au micro. Les chauffeurs demeurèrent au volant, sans couper le contact. Le son des échanges radio était étonnamment pur. Avec le vent, des bribes de phrases portaient jusqu'à Philippe. De l'anglais, prononcé parfois avec un fort accent français.

De nouveaux hommes de la sécurité jaillirent des voitures, des portières arrière cette fois. Deux pénétrèrent dans le petit bâtiment de l'accueil, tandis que trois autres entreprirent d'inspecter les environs à l'aide de jumelles. Leur forme était inhabituelle, et Philippe, soupçonnant l'infrarouge, plongea sous l'abri du parapet et s'aplatit sur le sol.

Cela faisait beaucoup plus de monde que tout ce que Philippe avait pu imaginer et la panique commençait à le gagner. Les hommes en treillis ne restaient pas en place une seconde et arpentaient au pas de course chaque ruelle entre les entrepôts et les hangars, accompagnés par les halètements des chiens.

Trente longues secondes s'écoulèrent. Une agitation nouvelle, un grondement de moteur engagèrent Philippe à s'enhardir. Il se redressa sur les coudes. Les deux limousines et un des breaks venaient de démarrer. Ils contournèrent le bâtiment, et se postèrent côté piste, devant l'accès vitré. Deux nouveaux gardes, ceux-là en costume civil, mais au gabarit impressionnant, sortirent de la Mercedes. Ils marchèrent lentement vers les limousines et en ouvrirent les portes. Descendirent une jeune femme blonde et deux hommes plutôt corpulents, dont les visages demeurèrent invisibles à Philippe. Le jet de l'AdenCo n'était attendu que dans un quart d'heure. Après avoir scruté en vain les nuages, les deux hommes et la femme retournèrent s'abriter dans la première limousine.

Il y eut un bruit de métal, à l'extrémité du toit. Le cœur de Philippe se serra comme une éponge. On grimpait le long de l'échelle métallique. C'était l'unique moyen d'accès, et aussi la seule issue. À dix mètres de hauteur, il ne fallait pas compter sauter du hangar. Le toit, long d'une vingtaine de mètres, large de dix, était désespérément plat, à l'exception d'une vaste bouche d'aération de zinc. Elle était haute d'un pied à peine, mais cela valait la peine de tenter le coup. Philippe rampa vers elle avec précipitation. Là, il s'écrasa contre le sol. Ce qu'il aperçut alors le pétrifia : un des boîtiers scintillait, bien en évidence au bord du toit, à mi-chemin de sa cachette et de l'échelle.

La grisaille hivernale de l'entre chien et loup fut sa chance. Il y avait encore assez de lumière pour parcourir du regard la totalité du toit, et déjà plus assez pour distinguer dans ce petit bloc de métal tordu un vieux boîtier. Parvenu en haut de l'échelle, le garde se contenta d'un rapide coup d'œil et redescendit presque aussitôt.

Philippe resta de longues minutes immobile, à tenter de retrouver son calme. Puis, lentement, toujours en rampant, il revint à l'angle du toit, et se remit en position.

Tout à l'ouest, un petit jet venait d'atterrir. Il effectua un court tour de piste en rugissant et vint s'aligner à une trentaine de mètres du hall d'accueil, dans une manœuvre impeccable. Un bel appareil, aux lignes supersoniques, avec deux puissants réacteurs à l'empennage, mais aussi minuscule – c'était bien le diable, songea Philippe, s'il pouvait embarquer dix personnes. Deux techniciens vêtus aux couleurs de l'aéroport du Bourget se dirigeaient vers le panneau coulissant à l'avant du fuselage. Les agents de la sécurité les éloignèrent sans amabilité.

Une limousine vint se placer près du jet, face à l'escalier. Philippe sourit : sa position était vraiment parfaite. La lumière vive du hall éclairerait nécessairement le visage de celui qu'il attendait, ne serait-ce que quelques instants. Une photo suffirait, même un peu floue.

Il y eut une dernière poussée des réacteurs, et le panneau s'entrouvrit. Une rampe d'escalier escamotable se déplia jusqu'au sol. Prenant appui sur le gravillon du toit, Philippe encadra la porte au téléobjectif. Un visage émergea. Philippe appuya précipitamment sur le déclencheur, prenant au moteur trois photos d'un coup.

« Merde… »

Trois prises gâchées : le premier à émerger de la carlingue avait été un homme de la sécurité, vêtu du même treillis noir. Il descendit lentement l'escalier, et vint se poster devant la limousine. Un second homme apparut. C'était lui.

Ces yeux, ce regard, cette bouche… Une longue seconde, comme hypnotisé, Philippe en oublia d'appuyer. Il déclencha le moteur à l'instant où l'homme disparaissait, vivement tiré en arrière vers l'intérieur de la cabine.

Quelque chose ne tournait pas rond. Vaguement ankylosé, Philippe repositionna dans sa paume le téléobjectif, dans l'espoir de saisir de nouveau le visage de l'homme. En dessous, on s'agita soudain. Un chien aboya, quelqu'un cria et Philippe comprit qu'il était repéré.

— Vous, là-haut ! Montrez-vous tout de suite, mains en l'air.

Sa première réaction fut de s'enfuir vers l'échelle de secours.

— Tout doucement… souffla une voix derrière lui.

Il y avait un homme sur le toit, un véritable colosse noir, armé d'un fusil-mitrailleur si petit qu'on aurait dit un jouet. Philippe, quoique incapable d'en reconnaître la marque, devina néanmoins que c'était le genre d'engin avec lequel on ne discutait pas.

11 avril, 17h15
Aéroport du Bourget, hall d'accueil

La fouille fut minutieuse, rapide, quoique courtoise ; un style de professionnels. Le grand Noir prit le portefeuille dans la poche de la parka, parcourut brièvement les papiers et les rendit à Philippe. Puis il le fit asseoir sur un canapé, sous la surveillance de deux de ses acolytes. Il avait dû estimer que le jeune homme ne constituait pas une grande menace, car aucune arme n'était braquée sur lui.

Par la porte vitrée du sas d'entrée, Philippe jeta un coup d'œil vers le jet, dont il apercevait le cockpit et l'avant de la carlingue. Le panneau avant s'était refermé. Les limousines noires, elles, étaient encore là.

Philippe sursauta à une sonnerie stridente – ou peut-être étaient-ce ses nerfs qui étaient à vif – et un grand type blond en complet déplia le portable accroché à sa ceinture. De l'anglais, toujours, mais les mots étaient simples et l'échange fut bref…

— *Yes, sir?*

— …

— Un jeune homme, *sir*. Vingt ans. Race blanche, cheveux blonds, taille moyenne. Il était seul.

— …

— Sur le toit d'un hangar, *sir*.

— …

— Cela ne se reproduira pas, *sir*. J'y veillerai.

— …

— À vos ordres, *sir*.

Le gorille s'empara à nouveau du portefeuille de Philippe et déplia sa carte d'identité.

— Il s'appelle Philippe Perek, *sir*.

— …

— Évidemment, *sir*.

— …

Le gorille referma le portable et le replaça sans hâte dans son boîtier. Il s'adressa à Philippe en français avec un léger accent norvégien, ou, en tout cas, qui correspondait à l'idée que se faisait Philippe de l'accent norvégien.

— Bien. Vous êtes libre. Et vous avez de la chance, aucune plainte ne sera déposée contre vous. Voici votre appareil, avec le téléobjectif. Sans les pellicules, évidemment. Et le second boîtier, toujours sans pellicule. Il n'y en avait pas de troisième, n'est-ce pas ?

Philippe secoua la tête.

— Tant mieux. Alors, allons-y, monsieur Perek. Votre duffel-coat, monsieur Perek, fit le gorille.

C'est une parka, songea Philippe, mais il estima superflue toute correction et se préparait à quitter le hall, la parka maladroitement posé sur le bras, lorsque le portable retentit de nouveau.

— Yes, *sir* ?

— …

— À vos ordres, *sir*.

La main droite du Norvégien se referma vivement sur l'épaule de Philippe, lui faisant presque mal. L'autre main tenait toujours le portable, mais le correspondant demeurait inaudible.

— Une seconde, monsieur Perek.

Philippe se figea, tétanisé. Jusqu'à présent, il avait seulement eu très peur. Il était soudain terrorisé. Quelque chose lui soufflait qu'il aurait fallu qu'il s'enfuie, tout de suite. Mais le Norvégien le maintenait fermement et le poussa en avant.

— Par ici, monsieur Perek.

Il le guida à travers le hall et l'entraîna jusqu'à la grande limousine noire, lui emprisonnant l'épaule d'une poigne puissante. Là, à deux mètres à peine, ils s'immobilisèrent. Philippe fixait les vitres opaques de la limousine comme une souris un serpent.

— Tournez-vous vers la lumière, monsieur Perek. Voilà, comme ça.

Philippe se mit à grelotter. Le vent glacé le pénétrait. Il scrutait les vitres, obstinément, à la recherche d'une ombre. Il eut le sentiment que l'univers tout entier s'éloignait de lui, premier symptôme de l'évanouissement. Ce n'était que la limousine qui démarrait, sans bruit, très lentement. Elle contourna le bâtiment et disparut, suivie de la seconde limousine.

Le grand blond replaça le portable dans son étui. Il fit un pas vers la berline, dont la porte arrière s'ouvrit. Et, avant de s'y engouffrer, il eut un sourire amusé, presque affectueux, vers le garçon.

— Vous pouvez rentrer chez vous, monsieur Perek. Mon ami Andy reste avec vous quelques minutes. Ne prenez pas froid.

11 avril, 18 h 45
45, rue de Clignancourt, Paris 18e

Philippe descendit du taxi, les jambes encore flottantes, mais son cœur avait repris un rythme normal. Après tout, songeait le jeune homme, l'affaire aurait pu tourner plus mal. Le colosse noir l'avait chaperonné durant une heure, sans prononcer un mot, avant de recevoir enfin un appel sur son portable. Il avait alors libéré Philippe, et commandé un taxi, poussant l'élégance jusqu'à régler la course à l'avance, abandonnant un large pourboire.

Philippe acheta *Le Monde*, fidèle à une habitude récente, et pénétra dans l'immeuble. Mme Maubert sortait les poubelles de la cour avec cette mauvaise humeur râleuse qui lui avait valu le surnom de Mme Bonpoil. Elle lorgna le jeune homme d'un œil vitreux, éteint par cinq Fernet-Branca, et gouailla :

— Z'avez reçu un pli voilà pas vingt minutes,

m'sieur Philippe. Le postier l'a monté, mais z'étiez pas là, alors il l'a mis dans la boîte aux lettres. J'l'aurais bien pris, notez, mais parfois vous rentrez à pas d'heure, alors… J'espère que c'est pas grave, hein, moi, le dernier que j'ai eu, c'était pour la mort de ma pauv'mère, je vous souhaite pas le même malheur, parce qu'on n'a qu'une mère, s'pas ?

Philippe hocha la tête, soudain bien las, et aperçut le papillon rose « Pli urgent » collé de guingois sur sa boîte aux lettres. Il l'ouvrit, faisant tomber une demi-douzaine de prospectus divers et son journal, dont la une se tacha irrémédiablement de boue. Mme Maubert maugréa : « Si c'est pas malheureux… » et il décida d'attendre d'être sur le palier du sixième pour décacheter le télégramme.

« Quitte cet appartement, et vite. Ceci n'est pas une mauvaise plaisanterie. Tu seras recontacté. »

Pas d'expéditeur. Philippe grimaça un sourire et fourra le télégramme dans sa poche.

Très drôle.

Freddy était le genre à faire ce genre de blague. Mais le texte ne lui ressemblait pas. Il aurait plutôt rajouté dans le gore. Philippe ouvrit la porte, décrocha le téléphone dans l'entrée, composa un numéro, tomba sur la voix de Freddy enregistrée sur fond de techno allemande et raccrocha.

Il jeta un coup d'œil machinal vers son bureau. Le billet de cent francs était posé à côté de la lampe. Il se souvenait pourtant nettement d'avoir quitté l'appartement dans l'urgence, sans souci du billet abandonné sur la moquette. Il s'approcha du bureau et grimaça : il était persuadé d'avoir laissé le numéro de *Paris-Match* ouvert. Philippe le compulsa avec fébrilité. La page 24 n'avait pas été arrachée. Peut-être le magazine n'avait-il même pas été feuilleté…

Rapidement, il consulta ses dossiers. Ils avaient été entièrement épluchés, méthodiquement. Les feuilles s'y trouvaient dans l'ordre inverse du rangement initial, signe d'un dépouillement attentif, une feuille après une autre. Philippe ouvrit le tiroir du bureau. On avait fouillé son courrier personnel, mais avec discrétion. S'il n'avait pas, par hasard, effectué un peu de classement la veille, il aurait pu ne pas s'en apercevoir. Rien ne semblait pourtant avoir disparu.

Soudainement inspiré, Philippe alluma le Macintosh, et demanda les informations du disque dur. Intuition justifiée : les fichiers avaient été consultés, à dix-sept heures cinquante-cinq.

Lorsqu'il redescendit, Mme Bonpoil était tapie dans la loge. Il allait ouvrir la porte cochère lorsqu'elle parut sur son seuil, déjà en robe de chambre mauve. Une odeur mi-fade mi-aigre de chou cuisiné envahit le porche.

— C'était pas grave, au moins ? Moi, pour ma mère, quand elle était morte, le télégramme disait : « *Mère décédée. Enterrement demain. Sincères condoléances.* » Ça voulait rien dire. C'était peut-être hier, s'pas ? Ah, j'ai oublié de vous dire, mais y'a un grand type balèze qui voulait vous voir dans l'après-midi, très poli et tout. Un sportif, c'est sûr. Et bien habillé avec ça. L'est monté, mais z'étiez pas là, alors il a dû rester un quart d'heure à vous attendre en haut, et pis il est reparti. J'lui ai d'mandé s'y voulait laisser un mot, mais l'a dit comme ça que c'était pas grave, qu'y repasserait. Vous voyez pas qui ça peut être?

Philippe secoua la tête et poussa la porte cochère. Au moment où la concierge allait refermer la porte, un soupçon l'effleura.

— Un type avec un accent nordique?

— Ah non non, pas un type du Nord, plutôt un étranger, suédois, ou allemand, vous voyez?

— Un grand blond, alors, aux cheveux courts?

— Ah ben, vous l'connaissez alors? Si y repasse, qu'est-ce que je lui dis, que vous êtes sorti?

Philippe hocha la tête, vaguement inquiet. Il fit quelques pas dans la rue, s'arrêta au tabac du coin de la rue Custine, acheta un paquet de Peter et retourna lentement vers la Butte. Son sentiment d'avoir mis les pieds dans une sale affaire se confirmait. Mais qui appeler à l'aide? La police? Avec ce qu'il avait à raconter, elle le prendrait pour un dingue. Des journalistes? Philippe ne savait pas trop comment s'y prendre.

Même Freddy, qui avait les idées larges, aurait du mal à le croire. Philippe entra dans une cabine téléphonique, composa de nouveau le numéro. Freddy n'était toujours pas là.

— Tu fais chier, Nacmat, tu n'es jamais là quand il faut, soupira Philippe. J'ai besoin de te voir. Je crois bien que je me suis mis sévère dans des ennuis. Si tu rentres avant dix heures, passe au Soleil. J'y serai jusqu'à dix heures. Je bouffe avec Jicé et Sylvia. Je t'expliquerai. C'est vraiment urgent.

Il allait appeler Sylvia, mais un homme, dehors, tambourina avec impatience. Philippe entrouvrit la porte.

— Du calme. J'en ai pour deux secondes.

Le type saisit fermement le combiné et le raccrocha. Philippe allait protester mais l'homme secoua la tête, avec un sourire bizarre. Il désigna du doigt une camionnette à la porte latérale entrouverte. À l'intérieur, un second homme braquait un revolver.

— Veuillez entrer ici, monsieur Perek.

18 avril, 9 h 30
Au Pied de Porc à la Sainte-Scolasse,
café-restaurant dit de spécialités régionales,
avenue Ledru-Rollin, Paris 11[e]

Quatre as. Norbert tripotait ses cartes sans oser y croire.

C'était dingue. Tout à l'heure un full aux rois par les valets, et maintenant quatre as. Il aplatit son jeu sur la table, de peur qu'on ne s'aperçoive que ses mains tremblaient. Mais Jean-Luc posa ses cartes, et Sélim également.

— Bon, nous, on se couche. T'as une veine de cocu, sourit Sélim.

— Merde alors, comment ça, vous vous couchez ? Comment tu sais d'abord que j'ai du jeu ? Tu triches ou quoi ?

— Écoute, Norbert, fit Jean-Luc, chaque fois que t'en as, du jeu, tu poses tes cartes et tu prends l'air con. Alors, nous, oui, on se couche.

— Je prends l'air con ?

— Ouais, tu prends l'air con. Genre faussement contrarié et décontract' à la fois. Là, à mon avis, par exemple, t'as un full…

— Voire même un carré…

Sélim rigolait franchement. Norbert arbora une mine accablée.

— Fais pas la gueule, tu sais pas mentir. C'est un bon point, ça prouve que t'es honnête, mais au poker, ça fusille la partie…

— 'xactement, ça la fusille, fit Sélim, même si on joue avec des allumettes. Bon, de toute façon, faut y retourner.

— Quoi, déjà ?

Norbert regarda sa montre.

— Ah, ouais, c'est l'heure. Gérard, combien on te doit ?

— Quarante-six francs, avec les cafés et sans le pourboire. Je vous réserve une table pour une heure ?

— Seulement pour deux, fit Jean-Luc. Sélim est convoqué au commissariat. Une affaire de mœurs…

— Arrête tes conneries, Jean-Luc, répliqua Sélim. Le crois pas, Gérard, c'est à cause d'un ancien voisin. L'étudiant qui avait disparu il y a trois jours. Tu sais, on en a parlé à la télé, aux infos. On l'a retrouvé.

— Ah oui ? Et il était parti où, ce garçon, Sélim ? s'intéressa Gérard.

— On sait pas, soupira Sélim, mais en tout cas c'est pas maintenant qu'il le dira. Il est mort.

— Ben merde alors…

Sincèrement touché, Gérard ajouta :

— Tu le connaissais bien, ce garçon ?

— Moi ? Pas du tout. J'avais même oublié son nom, j'ai déménagé il y a trois mois. Mais comme on a retrouvé de la dope chez lui, la police m'a convoqué. D'ailleurs, c'était dans le canard de ce matin. T'as pas vu ça, toi qui es un accro des faits divers atroces ? Tiens, je t'en prie, patron, c'est gratuit.

Il tira *Le Parisien* de son blouson et le tendit à Gérard, qui le déplia du geste ample de l'habitué.

— Voyons ça : « *Dramatiques inondations au Pakistan… Un jet privé disparaît au-dessus de la mer d'Irlande…* » Ah, voilà, nous y sommes : « *Le corps d'un étudiant de dix-neuf ans, Philippe Perek, a été retrouvé hier dans le Val-de-Marne, terriblement mutilé.* »

Gérard parcourut rapidement l'article, et décréta, reposant *Le Parisien* sur le bar :

— Putain, les gens sont vraiment cinglés…

— Tu permets ?

Gabriel posa sa gueuze, saisit le journal, et poursuivit la lecture de l'article.

« Selon les premiers résultats d'enquête, Philippe Perek, qui avait disparu de son domicile parisien voici une semaine, a vraisemblablement été torturé, avant d'être assassiné. Puis le cadavre a été transporté sur un terrain vague de Créteil, arrosé d'essence et carbonisé. Il a été découvert au matin par deux lycéens. La police, qui a perquisitionné au domicile du jeune homme, y a saisi de la cocaïne. Elle estime en première analyse qu'il pourrait s'agir d'un règlement de

comptes, particulièrement sanglant il est vrai, entre trafiquants.

Hypothèse toutefois démentie par l'entourage du jeune homme, qui dresse de lui le portrait d'un étudiant studieux, discret et sans histoires, absorbé par ses études d'histoire. Orphelin à l'âge de douze ans, élevé par son oncle paternel, Philippe Perek était habité par diverses passions, des jeux de rôle à la peinture d'Henri Matisse. »

Gabriel relut cette dernière phrase, et reposa l'article, pensif. Les postiers allaient quitter le Pied de Porc quand il les interpella :

— Eh, Sélim, t'avais déjà vu son appartement ?

— Ouais, une fois, j'avais besoin de chaises supplémentaires, j'ai sonné, et il m'en a prêté une. C'étaient deux ou trois chambres de bonnes réunies.

— C'était comment ?

— Ben, comme le mien, trop petit, se marra Sélim. Avec des livres un peu partout, des posters de peinture. Un truc d'intellectuel, quoi.

— Et lui ?

— Perek ? Rien à dire. Un gosse bien sage, sympa, intelligent. Pas bruyant, en tout cas. Bon, excuse, le Poulpe, mais je file, on est à la bourre.

— Eh, Sélim, t'habitais où, déjà ?

— Rue de Clignancourt, au 45. Tu veux peut-être le code, aussi ?

— C'est-à-dire... Si ce n'est pas trop te demander...

— Du moment que ça rend service... T'as de la

veine que je sois postier, j'ai la mémoire des chiffres : 2940. Facile à retenir. 29, l'exil de Trotski à Alma-Ata, 40, son assassinat à Coyoacán. Et le métro, c'est Mercader m'a sonné, ajouta Sélim en sortant.

— Elle est pas mal, celle-là, fit Gérard, et puis nouvelle surtout.

Puis, se tournant vers Gabriel :

— Tu te rends compte, mon Gaby, ils l'ont torturé et ils lui ont fichu le feu après. Ça fout les jetons, des types comme ça. Tu vas pas commencer à faire ta fouine ? Crois-moi, vaut mieux mettre son pif dans le beaujolais que dans les affaires des autres.

— Dis, Gérard, tes dictons lyonnais, si tu te les roulais serré, parfois…

Le patron ne releva pas la provocation et poursuivit :

— Des histoires de dealers, c'est pas ton truc, pourtant.

— Écoute, Gérard, tu l'as entendue comme moi, la description de Sélim, non ? Ce gosse-là, il n'avait rien d'un dealer.

— Qu'est-ce que t'en sais, d'abord ? Parce qu'un dealer, ça n'a pas de livres, ça ne prête pas une chaise à un voisin ? T'as des idées préconçues, c'est mal. Tu devrais pas lire les *Mémoires* d'Alain Minc.

Gabriel ne répondit pas et relut l'article, posément. Ses parents aussi étaient morts, lorsqu'il avait cinq ans, et ce drame commun tissait entre lui et ce jeune garçon disparu, puis assassiné une proximité unique, un lien intime qu'il n'aurait su ni voulu expliquer à quiconque, une parenté secrète qui naît de la douleur absolue, de la connaissance de l'inconsolable, comme aurait dit Jean-Baptiste Botul.

Il replia la feuille, la glissa dans son blouson, et porta la bière à ses lèvres pour goûter à nouveau un peu d'amertume. Puis il commanda un café, précisa : serré. Gérard le regarda du coin de l'œil, vaguement inquiet.

Gabriel savait néanmoins que Gérard avait raison : le contenu de l'article était un peu court pour oser tirer des conclusions. Mais il pressentait aussi que quelque chose ne collait pas. Si l'article était rédigé dans un style dépêche d'agence, l'adverbe « terriblement » devant « mutilé » le dérangeait. Le flic qui avait fourni l'information devait avoir été sacrément impressionné.

Le Poulpe but le café fumant d'un trait, oubliant de le sucrer. Le breuvage amer et brûlant lui arracha une grimace.

Puisqu'un cadavre était à l'origine de tout, c'était sans doute par là qu'il fallait commencer. Comme l'eût dit Gérard, faut pas faire la besogne pour qu'elle soit faite.

Faut la faire pour la faire.

18 avril, 12 h 30
Hôpital de Créteil

Le docteur Théo Vieira attendait dans le hall des urgences, comme prévu. Gabriel le reconnut tout de suite, tant son physique collait à la voix qu'il avait entendue au téléphone deux heures avant. Il était petit, chauve, jovial, et mâchonnait un joyeux barreau de chaise, éteint malgré tout, pied-de-nez jubilatoire au règlement affiché sur les vitres. Le nœud trop étroit de sa cravate à pois bleus lui étranglait le cou, son embonpoint déformait sa blouse blanche, mais il faisait rire aux larmes l'infirmière de l'accueil, une toute jeune fille blonde et frêle, au visage constellé de taches de rousseur.

Gabriel s'approcha, se présenta :

— Bonjour, je vous ai appelé ce matin. Je suis Jérôme Le Prieur.

Le pseudonyme avait déjà un peu servi, c'est vrai, mais il avait porté chance.

— Ah c'est vous, le journaliste ? Vous êtes aussi ponctuel qu'efficace, dites donc.

Le médecin lui tendit la main avec un sourire large et chaleureux, et Gabriel ne put s'empêcher de le lui rendre, songeant que ce petit bonhomme-là aurait sans doute réussi à lui vendre n'importe quoi, de l'aspirateur à l'encyclopédie médicale en huit volumes.

— Je ne sais pas trop ce que je peux vous raconter, monsieur Le Prieur. Il y a une instruction en cours. On m'a recommandé de ne rien dire à la presse.

— Je ne suis pas tout à fait la presse. Je…

— Oh, de toute façon, je m'en fous, coupa le légiste, et puis, je suis un bavard.

Il plissa les yeux et cligna de l'œil vers l'infirmière qui pouffa gentiment.

— Venez, je vous emmène déjeuner, je meurs de faim. Isa, si on me demande, je suis chez Ahmed.

J'ai eu trois autopsies ce matin. Ça creuse. Et puis, comme on dit, vaut mieux prendre chaud en mangeant que froid en travaillant.

— Je veux bien vous croire, concéda Gabriel, emboîtant le pas à Vieira, non sans faire un signe à Isa dont les joues, lui sembla-t-il, rosirent joliment.

Ils sortirent de l'hôpital sous un ciel incertain et longèrent un chantier boueux, en bord de route. Vieira marchait devant, se retournant de temps en temps, et élevant la voix au passage des camions.

— Après ce que les flics ont bien voulu laisser filtrer, je pensais avoir la visite d'au moins une demi-douzaine de vos confrères, peut-être même la télé. C'est pour ça que j'ai mis une cravate. Elle vous plaît ?

Ils traversèrent la chaussée, en se faufilant dans la circulation. Le bruit était assourdissant.

— Elle est pas mal, cria Gabriel. Plus dans le style banquier que médecin, non ?

— Ouais, je suis bien d'accord, mais allez-y, vous, l'expliquer à ma femme… De toute façon, personne ne s'est pointé. Nib de nib. Enfin, à part vous… Dès que c'est une affaire de dealers, on dirait que vous vous en foutez, vous les journalistes.

Gabriel ne se sentit pas en devoir de défendre sa profession d'emprunt et haussa les épaules. Vieira s'engagea dans une rue plus calme, où brillait une enseigne Stella Artois. Gabriel se hissa à sa hauteur.

— J'ai lu qu'il avait été mutilé ?

— Mutilé ? Ha ha ha. Vous plaisantez ? Ils en ont fait de la bouillie pour chien, oui ! ricana Vieira, poussant la porte de la brasserie, et saluant le patron. Sur la vitre était écrit en lettres d'or parfois fugueuses : « SPÉC AL TÉS EUROPÉE NES ET ORIEN ALES ».

— C'est pas sur une civière qu'on me l'a amené, poursuivit le légiste, c'est dans quatre sacs plastique. Une horreur, que c'était. Vous prenez quoi ? Ici, la spécialité, c'est la paella.

— Ça m'ira.

— Ça tombe bien, c'est aussi le nom de la patronne. Samira, pas paella. Et vous travaillez pour quel journal ?

Gabriel s'était mitonné une réponse, mais il se sentit d'improviser.

— Je pige pour des hebdos, comme *L'Événement du Jeudi.* J'ai envie de suivre une enquête de bout en bout, jusqu'à l'arrestation du meurtrier.

— Je ne suis pas certain que vous ayez fait le bon choix avec cette affaire-là. Ça manque franchement d'indices. On a trouvé ce qui restait du garçon sur un terrain vague. Il y avait sans doute des traces de pneus, des empreintes de pas, mais il s'est mis à pleuvoir des cordes. Avec ça, pas de témoin : personne n'a rien vu, rien entendu. En plus, le cadavre a été arrosé d'argotypoline…

— De quoi ?

— Un type de combustible gras, qui adhère à la peau, comme le kérosène. Le corps a dû flamber au moins pendant un quart d'heure. C'était pire que tout ce que j'ai pu voir, et pourtant, j'en ai vu : c'était moi le légiste dans l'affaire Jouet, il y a trois ans, fit Vieira, avec une visible fierté. Vous vous souvenez, le paysan beauceron qui avait ligoté sa maîtresse et l'avait moissonnée-battue-liée.

Gabriel ne se souvenait pas. Mais il avait un peu d'imagination et ne put s'empêcher de frémir. Il y avait certaines choses qu'il ne dominait pas. C'était comme cette histoire que Gérard affectionnait, celle du type qui se passe les pales de tondeuse à gazon sur les doigts de pieds. Gérard affirmait que la moyenne nationale était de quatre estropiés chaque dimanche en été.

— Comment pouvez-vous affirmer qu'il s'agit bien de Perek, s'il n'en reste rien ?

— Bonne question, monsieur Le Prieur, bonne question. Ah, voilà Samira et sa paella, une seconde de suspense et vous aurez la réponse. Samira, on peut avoir un coup de bordeaux ?

La jeune femme déposa l'énorme plat sur la table, et Gabriel admira la couleur du riz, l'ordonnancement symétrique des langoustines, et le galbe parfait des jambes de la serveuse qui s'éloignait déjà.

— Pour moi, ça sera plutôt une pression. Le vin et moi…

— Vous aimez les moules ? Vous allez me goûter ça, elles sont succulentes, safranées et poivrées juste comme il faut. Je vous sers. Bon, alors, d'abord, c'est forcément lui, vu qu'on a retrouvé ses papiers… Non, c'est pour rire, même si c'est vrai qu'on les a retrouvés, dans son blouson, qu'on avait déposé juste à côté, avec ses vêtements. En fait, le feu avait épargné sa main droite, qu'on a retrouvée presque intacte. On a confronté les empreintes digitales avec celles de la Préfecture. C'étaient bien les mêmes.

— Donc, si on l'a massacré, ce n'est pas pour empêcher l'identification.

— Non, non. Au contraire, ils voulaient qu'on l'identifie. Sinon, ils lui auraient coupé les mains ou l'auraient trempé dans l'acide, auraient brûlé les papiers, est-ce que je sais? Et puis, ils ne l'auraient pas déposé en banlieue, presque au centre d'une cité. Si vous voulez mon avis, c'est un avertissement. Un truc pour intimider d'autres dealers.

— Vous êtes certain que c'était un dealer?

— Moi? Non. Je vous répète bêtement ce qu'en dit Cheval.

— Cheval?

— Julien Cheval. L'inspecteur qui suit le dossier à Créteil. Il m'a dit qu'on avait trouvé cent grammes de cocaïne chez Perek. Un abruti, à mon avis, ce flic. Encore un peu de riz?

Gabriel sourit et hocha la tête. Vieira le servit largement.

— Je ne vous ai pas menti, hein? Elle est excellente, non?

Il reposa la cuiller et se servit un large verre de vin.

— De toute façon, je me demande si je n'aurais pas dû le rappeler, ce con de Cheval. J'ai peut-être des trucs à lui signaler.

— Comme quoi?

— Vous n'avez rien contre la rupture du secret professionnel? sourit Vieira.

— Non… lui assura Gabriel.

— Eh bien, moi non plus. Vous voyez, le corps était vraiment en charpie, alors j'ai dû faire une radiographie pour effectuer mon petit recensement des os. Quand j'y repense, ça faisait assez ridicule, ces sacs plastique gris sur la table de radio, mais je me voyais mal trier à la main, vous voyez le topo ? Tiens, vous savez combien il y a d'os dans le corps humain ?

Gabriel secoua la tête, avala sa salive et reposa sa fourchette.

— Deux chents... reprit Vieira en avalant une énorme bouchée de riz. Bref, le bonhomme m'a paru au complet. Bien qu'ils l'aient pelé comme un oignon et découpé en morceaux, y compris les côtes et la colonne vertébrale... Les os avaient été cisaillés. La section était précise, bien que comportant un écrasement terminal caractéristique. En tout, après combustion et perte de tout son sang, le corps pesait soixante et un kilos.

— Et les organes ?

— J'y arrive. Tous présents à l'appel. Le foie, le cœur, les reins, etc. Je vous le donne dans le désordre, hein ? Un boulot de pro, au scalpel. On distinguait même le profil de certains à la radio. C'est là que j'ai remarqué un truc très bizarre, presque invisible. Une minuscule tache foncée sur le lobe droit d'un poumon. Ça ressemblait à une métastase. Je n'aurais pas pu le jurer, je ne suis pas radiologue. Alors, j'ai analysé un prélèvement. C'était bien une nécrose locale. En examinant mieux la radio, il y avait de petites métastases un peu partout. Ce garçon avait un cancer du poumon en voie de généralisation. Vu son âge, il en avait pour trois ou quatre mois. Pas plus.

— Ça vous a étonné ?

— Bof, on voit de tout, vous savez. Quoique ce soit plutôt une maladie de grand fumeur, fit Vieira en tapotant le Montecristo qui dépassait de la poche de sa blouse, mais bon, pourquoi pas ?

— Il fumait peut-être beaucoup ?

— Ou tabagisme passif : peut-être que son chat fumait.

— Il n'avait pas de chat, répliqua Gabriel. À votre avis, il se savait malade ?

— Je n'en sais rien. Mais il devait tousser, avoir des poussées de fièvre, souffrir de douleurs costales à chaque phase de nécrose.

— Et vous en avez parlé à Cheval ?

— Non. Ça ne se trouve même pas dans le rapport, vu que je le lui ai remis hier à midi.

— C'était ça, les trucs bizarres dont vous parliez ?

— Ouais. J'ai demandé un supplément d'analyse sur des prélèvements du cœur et des reins. J'aurai les résultats ce soir ou demain. Rappelez-moi. Si je ne suis pas là, je laisserai le message à Isa.

— Je peux vous poser une question, encore ?

— Non, fit Vieira en souriant. Si. Je plaisante. Allez-y.

— Pourquoi avoir choisi un tel métier ?

— Ah ? Disons que je préfère me trouver côté client que côté fournisseur, si vous voyez ce que je veux dire. Et puis, j'étais le genre à m'attacher aux malades. C'était pas bon, ça, surtout que certains l'étaient vraiment. Malades, je veux dire.

Non, monsieur Le Prieur, légiste, ça a ses bons côtés. On n'est pas forcé de s'habiller propre, par exemple.

Vieira desserra sa cravate et changea de sujet.

— Prenez un dessert, monsieur Le Prieur. Comme dit mon assistant, qui est de Mâcon, au travail, on fait ce qu'on peut, mais à table, on se force. Rappelez-moi votre petit nom, déjà ?

— Jérôme.

— Très joli. Prenez un truc au chocolat, Jérôme, avec plein de cannabinoïdes. C'est une drogue, le cacao, avec assuétude.

— Assuéquoi ?

— Accoutumance, si vous préférez. Et une drogue dure. Renseignez-vous : tous ceux qui sont aujourd'hui accros à l'héro ont un jour mangé du chocolat. Isa, la jolie rousse à l'accueil, elle adore ça. Amenez-lui-en demain, dès huit heures… J'aurai les résultats des analyses. Du noir en plaque, avec au moins 70 % de cacao. Alors, une mousse au choc' ?

— Non merci, plutôt un café. Vous aussi ? fit le Poulpe.

— Serré. Et l'addition.

Gabriel sortit son portefeuille, machinal, mais l'autre l'arrêta.

— Laissez, c'est pour moi, ça me fait plaisir, et puis ici, c'est un peu chez moi. Dites, vous qui êtes journaliste, racontez-moi des choses sur ce garçon… C'était un étudiant, on m'a dit ?

— Oui, répondit Gabriel, qui avait passé la

demi-heure de métro à relire les articles concernant Philippe Perek. Étudiant en assyriologie.

— Compliqué, ça, apprécia le légiste.

— Bon élève en plus. En licence à dix-neuf ans. Apprécié de ses enseignants. Orphelin de père et de mère. C'était un fana de Matisse, et aussi de jeux de rôles. On a même cru un moment que sa disparition avait un rapport avec ça.

— Ouais... Drôle d'affaire. Dites-moi, pourquoi vous intéresse-t-il tellement, ce gamin ? C'est de l'emmerdotropisme ?

— Quoi ?

— Vous aimez courir au-devant des emmerdes ?

— Mettons que lui et moi on avait des points communs...

— Vous étiez bon élève, vous aussi ?

— Non, sourit Gabriel, mais j'avais cinq ans quand mes parents sont morts.

Il n'y avait pas de souffrance ostensible dans la voix de Gabriel, et Vieira ne douta pas un instant de sa sincérité : un menteur aurait feint la tristesse. Il regarda Gabriel longuement, en silence, songeur, et posa deux Delacroix sur la table :

— Je vous crois, monsieur Le Prieur, murmura Vieira en avalant son café brûlant. Juste un truc, alors : vous faites pas dézinguer dans le secteur, ça me déprimerait. Vous m'êtes sympathique, et je vous l'ai dit, je m'attache. Même découpé en tranches façon carpaccio, je vous reconnaîtrais tout de suite.

— Ah oui, à quoi ?

— Vous êtes macroscale. Vos bras… Ils sont nettement plus longs que la normale. On ne vous l'a jamais dit ?

— Oh… Si vous saviez…

18 avril, 14 h 45
Hôtel La Drôme, 7, rue Lambert, dans le 18e

Gabriel rangea dans l'armoire un tee-shirt, un pull, deux paires de chaussettes et deux caleçons. Sur la table, il posa son livre de chevet : la correspondance entre Stefan Zweig et Jean-Baptiste Botul, un gros pavé qui traversait la Première Guerre mondiale, l'entre-deux-guerres et s'achevait en enfer, en juillet 1941. Zweig devait se suicider avec sa femme l'année suivante à Petrópolis, au Brésil, en apprenant les nouvelles victoires de Hitler. Botul mourrait quinze ans plus tard, d'une grave maladie. Mais tout le monde s'en foutrait. D'ailleurs, dans le Robert des noms propres, on ne trouvait rien entre Sébastien Bottin et Markos Botzaris. Botul s'en serait lui aussi foutu.

La chambre 9 donnait sur une courette claire et calme. Le gérant de l'hôtel avait même précisé qu'elle « avait une vue » : le gros biberon du Sacré-Cœur et son donjon dominaient dans le ciel bleu vif. « Et c'est pas plus cher pour autant… »

Le village Nicolet était un des rares quartiers de Paris que Gabriel ne connaissait pas. Il en fit vite le tour : quatre rues aux maisons souvent basses, ouvrières, ne conduisant nulle part mais s'ouvrant rue Custine sur une place minuscule dotée de deux arbres en pot. Rares étaient les touristes qui s'égaraient dans le village : à l'entrée de la rue Bachelet, des escaliers de pierre les ramenaient inexorablement vers leur destination montmartroise naturelle. Il est vrai que le « village » n'avait rien de vraiment touristique. Certes, l'immeuble qui faisait le coin de la rue Lambert et de la rue Nicolet avait, disait-on, hébergé les amours de Verlaine et Rimbaud, mais nul maire, jamais, n'avait osé apposer la moindre plaque commémorative. Le quartier s'animait vaguement, à dix-huit heures, à l'occasion du passage des camions-poubelles, et, une demi-heure plus tard, pour le retour des aubergines, qui disposaient d'un quartier général au coin des rues Lambert et Labat.

En sortant dans la rue, Gabriel cligna des yeux, tant le blanc des façades était aveuglant sous ce soleil d'hiver. Il aperçut, face à l'hôtel, l'enseigne d'une imprimerie. Il décida qu'il s'agissait d'un bon présage, traversa la rue, et entrouvrit la porte, fermant les yeux afin que, comme à chaque fois, les odeurs mêlées de l'encre et du papier, le bruit des presses à plat viennent lui rappeler son père disparu et l'emplir de nostalgie.

18 avril, 15 h 15
*45, rue de Clignancourt, Paris 18e*

Rue de Clignancourt, le code n'avait pas plus changé que la concierge. Gabriel pénétrait dans la cour lorsqu'un ronchonnement suspicieux lui fit tourner la tête.

— S'cusez, monsieur, mais vous allez chez qui ?

Gabriel se tourna vers la concierge et réprima un sourire. C'était jeudi, donc bigoudi.

— Chez Philippe Perek, madame, je suis un de ses amis.

— Mon Dieu !

Mme Maubert avait l'émotion sincère et la gaffe instinctive.

— Mon Dieu ! Z'êtes pas au courant ? Mais il est mort, mon pauvre monsieur.

Il n'y avait pas de quoi rire, mais Gabriel dut malgré tout faire des efforts.

— Seigneur… Je… Mais… Comment est-ce arrivé ?

— Oh, c'est toute une histoire, il paraît que c'est une affaire de drogue.

— De drogue ? Une overdose ?

— Oh, non, non, pas du tout… C'est lui qui…

Mme Maubert baissa le ton, entre confidence et peur du scandale :

— Il trafiquait…

— Philippe ? C'est impossible… s'insurgea Gabriel, certain d'avoir trouvé le ton juste.

— C'est 'xactement ce que j'ai dit à l'inspecteur, mais rendez-vous compte, y z'ont trouvé de la drogue chez lui, alors ?

— Je ne peux pas y croire… soupira Gabriel.

— Pour moi, si vous voulez mon avis… souffla la concierge, retenant la fin de sa phrase.

— Oui ?

— Eh ben, quand monsieur Philippe a disparu, j'ai eu la visite de plusieurs inspecteurs. Y sont allés chez lui. Et à ce moment-là, y z'ont rien trouvé. Faut croire qu'y en avait pas.

— Vous voulez dire qu'on l'y aurait mise ? feignit de s'étonner Gabriel.

— C'est ça, conclut la concierge, sentencieusement.

Le Poulpe resta silencieux, les yeux fixés sur l'escalier de la cour.

— Et vous le connaissiez bien, monsieur Philippe ? reprit Mme Maubert, qu'on devinait compatissante.

— Oh oui… répondit Gabriel, les yeux dans le vague.

— Ah ?

La voix de la concierge s'embuait de pitié.

— C'est terrible, mon pauvre monsieur… Y'a pas à barguigner, faut vieillir ou mourir jeune, s'pas ?

Gabriel ramena son regard vers le sol et laissa s'installer un silence d'une tonne. La concierge, comme il l'espérait, se racla la gorge, et ajouta, d'une voix affable :

— Ah, si j'osais, je vous proposerais bien d'aller voir chez monsieur Philippe, vu que j'ai les clés.

— C'est possible ?

Gabriel lui décocha son plus beau sourire.

— Mais je vous accompagne pas, rapport à mes rosiers grimpants…

Elle souleva sa robe, exhibant ses varices, et

dépendit un trousseau du placard à clés. Elle le tendit à Gabriel en maugréant :

— Et vous savez combien qu'elle me rembourse, la Sécu ? Rien du tout ou pas loin, c'est-y pas malheureux, à mon âge ? C'est quand même pas moi qui le creuse, le trou, pas vrai ?

Gabriel opina du chef avec sympathie et saisit les clés. Une clé à penne très simple pour la serrure, une clé plate de verrou de sécurité. Même si la concierge ne les lui avait pas confiées, il en serait sans doute venu à bout en quelques minutes.

Arrivé au sixième, Gabriel repéra la porte et entra. Si la fouille de la police n'avait pas été discrète, elle semblait avoir été systématique. Les pandores avaient vidé les bibliothèques et le parquet disparaissait sous un épais monticule de livres. Quelques tomates commençaient à pourrir sur le plan de travail de la cuisine, et dans la salle de bains deux chemises et une paire de chaussettes marinaient dans un jus noirâtre. L'armoire de toilette était restée ouverte, et une traînée de poudre s'allongeait sur l'étagère de verre. Cocaïne. Gabriel soupira : c'était tellement évident.

La pièce puait le renfermé. Gabriel ouvrit la fenêtre, qui donnait sur les toits de zinc, et s'assit dans un vieux fauteuil de cuir. Du regard, il parcourut les titres des ouvrages. Pour un jeune homme d'une vingtaine d'années, beaucoup d'éclectisme, mais pas de vraie incohérence : Queneau, Trotski, Nabokov, Melville, Pavese, un traité des échecs par Le Lionnais et même l'introuvable *Cathédrale de Chartres dans tous ses états* d'Alain Barandar.

Gérard avait beau dire, tout ça n'avait rien d'une bibliothèque de dealer. Bibliothèque de dealer… Voilà bien un truc qui ne voulait rien dire non plus.

Gabriel étendit le bras pour s'emparer de *La démonologie* d'Edward Langton, un Payot des années cinquante au papier jauni, et découvrit, sous l'ouvrage, un vieux *Paris-Match.* En lisant la date, il sourit : 20 mars 1960. Deux jours avant sa naissance. Il le parcourut un instant, sans penser à rien. Puis il le plia et le fourra dans l'une de ses larges poches avec le bouquin de Langton.

Gabriel se leva et, du pied, déplaça quelques livres, à la recherche d'un agenda, d'un carnet d'adresses, d'une lettre. Mais la police n'avait pas laissé grand-chose. Près de la poubelle renversée, il remarqua seulement une large enveloppe, à l'en-tête de la clinique Ornano, avec un tampon daté du 23 février. Le Poulpe s'agenouilla. Elle était vide.

Le plancher, près de l'armoire, était jonché de photographies. Elles avaient été pour la plupart piétinées, tachées, mais Gabriel reconnut sur quelques-unes ce jeune homme blond au visage lisse, un peu poupin même, dont *Le Parisien* avait reproduit le portrait. La couleur ne racontait rien de plus, sinon qu'il avait les yeux noisette et non bleus, comme il l'avait imaginé.

Il en choisit une demi-douzaine, sur lesquelles on le voyait parfois en compagnie d'une jeune fille au teint mat, aux traits fins et aux yeux très verts. Puis il referma la fenêtre et se décidait à redescendre quand le téléphone sonna.

Gabriel attendit quelques instants.

— Bonjour, fit une voix jeune et gaie, j'ai appris à mon répondeur à faire bip. Allez, Rex, fais bip ! Fais bip ! Allez, susucre, fais bip ! Rex !

Bi-i-i-ip !

Gabriel ne put s'empêcher de sourire. Une voix grave, posée, résonna dans la pièce.

— Je ne sais pas qui vous êtes, mais si vous êtes encore là, écoutez-moi attentivement... Ne laissez pas d'empreintes. Nulle part et jamais.

Gabriel se jeta sur le combiné, mais l'homme avait déjà raccroché. Le Poulpe resta un instant décontenancé, et reposa l'appareil, avec précaution. Un sourire naquit sur ses lèvres tandis qu'il sortait un mouchoir de sa poche. C'était le genre de conseil que, tout compte fait, il ne coûtait rien de suivre.

En passant devant la loge, il frappa au carreau de la porte vitrée. Mme Maubert avait déjà retiré quelques rouleaux, et Gabriel se demanda s'il ne la préférait pas encore avec. Il lui tendit les clés.

— Je vous remercie beaucoup, madame.

— Vous avez vu le bazar qu'ils lui ont mis. C'est-y pas une honte ?

— Oui, c'est bien triste...

Gabriel renifla, signe ostentatoire d'émotion retenue, et sortit de sa poche l'une des photographies.

— Pardonnez-moi de vous déranger, mais est-ce que vous connaissez cette jeune fille ?

Un soupçon légitime envahit soudain Mme Maubert.

— Mais... Je croyais que vous le connaissiez bien, monsieur Philippe ?

— Oui, c'est vrai. Nous avions lié amitié, il y a quelques mois. Mais elle, hélas, je ne l'ai jamais rencontrée. C'était sa petite amie ?

Un doute tenace s'était emparé de la concierge.

— Comment que vous vous appelez, déjà ?

— Le Prieur. Jérôme Le Prieur. Voici ma carte.

Le bristol eut sur la concierge un effet apaisant. Les pleins et déliés du caractère – du Champion semibold – luisaient en relief dans la pénombre du porche. À coup sûr, on n'avait pas affaire à l'une de ces cartes de visite imprimées par paquets de vingt dans les supermarchés. Il y avait aussi écrit : « maître de conférences ». Mme Maubert n'osa même pas la toucher et Gabriel la replaça dans son portefeuille.

— Faites excuse, monsieur, mais j'avais peur que vous soyez un de ces journalistes qui fouillent partout et qui respectent rien.

— Je comprends. Non, je suis juste un ami… Enfin, j'étais un ami…

Le regard de Gabriel revint sur le cliché. Il opta pour le silence et le recueillement, laissant l'initiative à la concierge émue.

— C'est sa petite amie. Il ne vous en avait jamais parlé ?

Gabriel secoua la tête, navré.

— Si vous voulez la trouver, c'est pas compliqué, elle travaille dans une librairie, rue du Poteau.

— Vous connaîtriez son prénom, par hasard ?

— Sylvia. Joli prénom, hein, j'ai failli appeler ma chienne comme ça. Finalement, j'ai préféré Séraphine, je trouvais ça plus…

Elle cherchait le mot juste.
— Canin ? suggéra Gabriel, s'inclinant.

18 avril, 16 h 05
Librairie 53 jours, 53, rue du Poteau,
Paris 18e

Gabriel se retourna une dernière fois. Si quelqu'un l'avait pris en filature, il l'avait semé. Il avait pris le métro à Château Rouge, changé à Marcadet, avant de descendre à Jules Joffrin. Chaque fois, il était sorti de la rame le dernier, au moment ultime, allant jusqu'à bloquer la fermeture de la porte. Son protecteur anonyme avait dû préférer disparaître.

Gabriel inspecta la vitrine verte et noire. Le libraire avait concédé l'espace minimal aux Stephen King et autres *Monde de Sophie,* s'autorisant partout ailleurs des choix personnels bien sentis, qui firent chaud au cœur de Gabriel. Il repéra aisément Sylvia, qui conseillait une dame au rayon enfants.

Le chagrin ne l'avait pas enlaidie, même s'il avait sans doute allongé son visage grave. La jeune fille portait un gilet amande sur un chemisier noir, et avait ramené ses longs cheveux en chignon. Cela lui dégageait la nuque, qu'elle avait exquise. Une nuque à baisers, songea Gabriel, sans scrupule devant cette jeune veuve. *Ze life must go on.*

Il se planta devant le rayon philosophie, le plus proche des bandes dessinées, et attendit que la dame s'éloigne enfin.

— Pardonnez-moi de vous déranger, mais vous êtes Sylvia, n'est-ce pas ?

La jeune fille hocha la tête.

— On se connaît ?

Un peu agressive. Gabriel sourit tristement.

— Non. J'aurais voulu vous parler. À propos de Philippe.

Elle eut un mouvement de recul.

— Vous êtes flic ? J'ai déjà tout dit à vos collègues ce matin. Fichez-moi la paix, maintenant.

Elle avait élevé la voix. Quelques visages se tournèrent vers eux. Le libraire, un barbu assis sur un tabouret à la caisse, fronça les sourcils.

— Je ne suis pas un flic, ni un journaliste.

Il la regarda, en silence. Elle avait ramené sa tête en arrière, comme pour retenir les larmes qui brillaient dans ses yeux. Gabriel sortit un mouchoir de sa poche et le lui tendit, tout en se dirigeant vers la porte. Par réflexe, elle l'accepta.

— Voilà ce que je vous propose : je suis au café d'en face, je vous y attends une demi-heure, pas plus. À vous de décider. C'est honnête, non ?

Sans attendre de réponse, Gabriel l'abandonna dans la librairie et traversa la rue pour entrer dans le bistrot. Il choisit une table au fond, s'installa sur la banquette de moleskine, et commanda une pression. Il déplia *Le Monde,* et s'appliqua à le lire avec systématisme, comme à chaque fois qu'il voulait que le temps s'écoule plus vite.

Il commençait à douter de sa tactique quand Sylvia l'interrompit dans sa lecture. Elle s'assit en face de lui. Elle était plus calme.

— Vous voyez, je suis venue.

— Je vois.

Gabriel replia le journal et observa le visage de la jeune fille. Le khôl autour de ses yeux avait disparu. Elle avait pleuré.

— C'est vrai, vous n'êtes pas un journaliste ?

— Je vous assure que non.

— Vous connaissiez Philippe ?

— Non plus.

— Je ne pige pas.

— Mettons que je sois un type qui n'aime pas ne pas comprendre.

— Vous jouez les Burma, quoi… Ça occupe vos loisirs, c'est ça ? siffla-t-elle.

— J'ai essayé les timbres. C'était bien aussi, mais ça manquait d'action.

Elle pensait l'avoir mouché, la réplique la laissa pantoise. Tout mépris s'évanouit de son regard, et Gabriel n'y lut que de la surprise. Elle sortit un paquet de Rothmans et en alluma une. Gabriel comprit qu'il avait un peu de temps devant lui.

— La police prétend qu'il était mêlé à une histoire de drogue…

— Des conneries…

Elle tira une longue bouffée, l'inhala profondément, et affirma :

— Philippe ne touchait pas à ces trucs-là.

— Ils en ont trouvé chez lui, pourtant.

— C'est ce qu'ils m'ont dit… C'est sûrement eux qui l'y ont mise.

— Non, ce n'est pas possible. La police fait ce

genre de truc pour piéger quelqu'un, pour en faire un indic. Philippe était déjà mort…

— Ceux qui l'ont tué, alors…

— D'après les flics, on a retrouvé cent grammes de cocaïne chez lui. Vous savez combien ça vaut, un paquet comme ça ? Au moins trente mille balles, et encore, pas au détail. C'est un gros sacrifice juste pour faire croire que Philippe était dealer. Vingt grammes auraient suffi pour le mouiller.

— Je ne sais pas quoi vous dire… Ce n'est tout simplement pas possible. Quand il n'était pas chez lui à étudier, on était ensemble. Il n'avait pas des journées de quarante-huit heures. Et puis, il n'avait pas de gros revenus…

Gabriel n'insista pas :

— Vous vous voyiez souvent ?

Elle écrasa sa cigarette, à peine consumée. Gabriel crut qu'elle allait se lever, partir, mais elle en alluma une seconde, presque aussitôt. La suggestion du légiste lui revint en mémoire : tabagisme passif.

— On venait tout juste de se rencontrer. Il était client de la librairie.

Elle ajouta, dans un souffle :

— Il y a presque deux mois.

Deux mois, répéta Gabriel en lui-même… Juste assez pour être bouleversée, malheureuse, trop peu pour se replier dans le deuil. Sylvia parlait presque à voix basse, mais elle releva les yeux, comme surprise de sa propre confession :

— Je ne sais pas pourquoi je vous raconte tout ça.

— Parce que je vous inspire confiance. D'ailleurs, il n'y a pas de mal à ça, c'est un don chez moi, j'inspire confiance.

Gabriel sourit. C'était un sourire un peu triste, mais sincère et amical. Elle le comprit et le lui rendit, un peu malgré elle.

— C'est vrai. Mais j'ai quand même du mal à comprendre pourquoi vous vous mêlez de cette histoire. Il y a déjà au moins dix flics dessus.

— Ils ne trouveront rien. Ils fouillent dans la mauvaise direction.

— Pourquoi dites-vous ça ?

— Une intuition. Commençons par le début. O.K., Philippe ne dealait pas. Je vous crois. Sinon, il aurait caché la drogue à un endroit un tant soit peu subtil. Deuxièmement, celui qui l'a placée dans l'armoire de toilette voulait qu'on la trouve.

— Elle se trouvait dans l'armoire de toilette ? fit Sylvia, étonnée.

Ses yeux s'écarquillèrent imperceptiblement.

— Et d'où tirez-vous ça ? La police vous l'a dit ?

— J'ai visité l'appartement. La concierge m'a prêté les clés.

Cette fois-ci, la jeune fille demeura bouche bée.

— La Bonpoil ? Elle vous a laissé monter ?

Gabriel eut un rire de gorge.

— C'est vraiment son nom ?

— Non, c'était Philippe qui l'appelait comme ça. Il donnait des surnoms à tout le monde. Pour Freddy, un de ses potes, c'était bien pire : il l'appelait Nacmat.

— Nacmat ?

— Nul À Chier Mauvais À Tout…

Elle eut un gentil sourire et ajouta :

— C'était affectueux. Et très exagéré.

Gabriel opina et laissa un court silence s'installer. Il se demanda s'il avait le droit de parler, avant de se lancer :

— Philippe vous avait parlé de sa santé ?

— Non, pourquoi ? Il était malade ?

— Très malade…

Elle fronça les sourcils, soudain inquiète.

— Quelque chose de… contagieux ?

Il devina ce qu'elle imaginait, et secoua la tête :

— Non, mais c'était grave. Un cancer. Du poumon. Il en avait pour trois mois, six au maximum.

Elle fixa Gabriel avec intensité, puis détourna les yeux. Son regard partit s'égarer dans les bouteilles du bar.

— Je suis désolé, murmura Gabriel. Philippe avait fait des examens en février. Il ne vous en avait pas parlé ?

— Non.

Elle écrasa sa Rothmans dans le cendrier, lentement. Son menton tremblait. Gabriel comprit que Philippe mourait pour elle une seconde fois.

— Il ne se plaignait pas de douleurs, de fièvres ?

— Non plus.

— Il n'a jamais mentionné le nom de son médecin traitant ?

— Non, non, je ne le connais pas. S'il vous plaît, arrêtez un peu. C'est trop de questions, trop vite. Je ne me sens… pas bien. J'ai la tête qui tourne.

— Allons nous promener, si vous voulez.

Gabriel se leva et posa deux pièces sur la table. Elle secoua la tête, fit deux pas vers la porte du bistrot.

— Non, je dois retourner travailler. Ça me fera du bien. J'ai besoin de penser à autre chose.

Elle traversa la rue, Gabriel sur ses talons.

— Écoutez, Sylvia, je ne veux pas vous poursuivre avec mes questions. Mais j'ai encore besoin de savoir deux ou trois choses. Quand peut-on se revoir ?

— Ce soir, je dîne avec Freddy, justement, et d'autres amis. Rejoignez-nous au Soleil de la Butte, à huit heures. C'est un restau, en haut de la rue Muller. C'était le quartier général de Philippe.

Elle soupira :

— On m'organise mes soirées…

Gabriel hocha la tête, compatissant. Sylvia se tourna vers lui :

— Vous savez, je ne crois pas que Philippe se doutait de quoi que ce soit. Il était tout le temps gai, il faisait des projets, il parlait des vacances de juillet prochain, il voulait aller en Asie. Il… Merde, c'est pas possible, c'est pas possible…

Les larmes se mirent à couler sur ses joues, Gabriel posa sa main sur son bras, murmura, avec sincérité :

— Je suis désolé, je ne sais pas comment faire pour ne pas vous faire mal. On en reparlera ce soir.

Elle renifla, se moucha. Gabriel désigna du menton le store vert de la librairie.

— Au fait : pourquoi « 53 jours » ?

— Pourquoi quoi ?

Elle renifla une nouvelle fois.

— 53 jours, le nom de la librairie…

— Ah ? À cause du numéro dans la rue, et de *La Chartreuse de Parme.*

— Quel rapport ?

— C'est le temps qu'a mis Stendhal à l'écrire.

Un rapide, apprécia Gabriel, en connaisseur, songeant que c'était aussi, avait-il lu, le temps qu'il fallait à dos de chameau pour traverser le Sahara de Tombouctou à Tamanrasset.

18 avril, 17 h 15
Clinique Ornano, 9, boulevard Ornano,
Paris 18e

Gabriel pénétra dans la clinique, jeta un coup d'œil rapide sur le tableau des services et ressortit aussitôt. Il parcourut trois mètres jusqu'à une cabine téléphonique. La dame de l'accueil lisait *Marie-Claire* lorsque le standard sonna.

L'approche, c'est comme le Scrabble : le premier mot compte double.

— Clinique Ornano ?

Ton ferme, diction lente, voix de basse.

— Clinique Ornano, fit en écho la dame au *Marie-Claire.*

— Bonjour, madame. Le service du docteur Henri Beyle, hôpital Bichat. Nous rencontrons un problème sur un dossier médical qui nous a été transmis. Voulez-vous avoir l'obligeance de me passer le docteur Bénabou ?

— Il n'est pas là à cette heure-ci, monsieur. Vous pouvez le joindre demain matin. Je peux vous passer le service radiologie, si vous le voulez.

— C'est très ennuyeux… Ne quittez pas, s'il vous plaît.

Gabriel marqua une pause et boucha quelques secondes le micro de la paume, le temps d'une hypothétique concertation.

— Pardonnez-moi de vous avoir fait attendre. Pouvez-vous nous fournir les références du médecin traitant de ce patient ? Le docteur Beyle va le contacter directement, et rappellera le docteur Bénabou demain.

— Je ne sais pas si…

— Pardonnez-moi d'insister, madame. Je suis le docteur Duchamp. Nous faisons face ici à un grave problème d'allergie respiratoire et nous avons un besoin urgent de connaître les antécédents du patient. Puis-je de nouveau vous demander les coordonnées du médecin qui vous a envoyé ce patient en février dernier ?

— Je… Je pense que c'est possible, docteur. C'est quel nom, déjà ?

— Monsieur Perek. Philippe Perek. Domicilié : 45, rue de Clignancourt.

— Une seconde… Voilà, docteur… C'est le docteur Roux, au cabinet des Cloys. 24, rue des Cloys. Vous voulez le téléphone ?

— S'il vous plaît…

Gabriel nota, raccrocha, composa aussitôt le numéro du cabinet médical. Roux était en consultation, mais Gabriel prit rendez-vous avec la secrétaire. Il précisa : au plus vite.

— Quels sont les symptômes ? s'enquit la femme avec une indifférente sollicitude.

— Un goût bizarre dans la bouche, comme du sang, répondit le Poulpe sur le même ton morne.

La fille ne se démonta pas.

— Votre âge ?

— Trente-six.

— Demain matin, huit heures, ça va ? Soyez à l'heure. À quel nom ?

Gabriel hésita une fraction de seconde, et répondit :

— Perek.

— Pérec ? Comme la coureuse ? demanda la secrétaire, blasée.

— J'allais vous le dire, sourit Gabriel. Mais avec un « k » et sans accent.

— Un accent ? Elle a un accent, Pérec ? J'avais pas remarqué.

18 avril, 17 h 45
*Hôtel La Drôme, 7, rue Lambert, Paris 18e*

Gabriel s'étendit sur le lit, ramena ses mains derrière la nuque. Les pièces du puzzle s'accumulaient. Il commençait à être temps de les compter, mais pas encore de les assembler.

Uno. Certitude : Philippe Perek avait été enlevé, sans doute torturé, puis assassiné. Son cadavre avait été déchiqueté et brûlé au point de le rendre méconnaissable, mais on avait tout fait pour qu'on puisse l'identifier. Dans quel but ? Était-ce un avertissement ? À qui était-il destiné ?

Deuzio. Certitude encore : quelqu'un veillait sur lui, l'avertissait des dangers. Qui ? Un ami de Philippe ? Pour quelle raison ? Et pourquoi avoir choisi de l'aider, lui ? Supposition : parce qu'il n'était pas flic. Mais comment l'autre le savait-il ?

Tertio. Supposition : Philippe Perek ne dealait pas. Mais certains tenaient à convaincre la police du contraire, quitte à gaspiller trois briques en coke. Quelle était l'activité qu'il fallait dissimuler ?

Quarto. Autre certitude : question santé, ça n'allait pas fort. Philippe le savait, puisqu'il avait subi des examens et souffrait de douleurs thoraciques. Il n'en avait pourtant pas soufflé mot à Sylvia, et n'hésitait pas à faire avec elle des projets. Bizarre. Et cela avait-il un rapport avec sa mort ?

Cela remémora à Gabriel son rendez-vous du lendemain matin avec le légiste. Il l'appela aussitôt.

— Je vous le bipe, fit l'infirmière. C'est de la part de qui ?

— Le Prieur. Nous avons déjeuné ensemble.

Gabriel patienta quelques secondes à peine. Vieira était essoufflé et son ton furieux.

— Le Prieur ? C'est vous ? Je pensais ne plus jamais entendre parler de vous. Il vient d'arriver un truc invraisemblable. Je vous suspecte même d'être dans le coup…

— Le coup de quoi ?

— Les restes de Perek ont été incinérés. L'infirmière affirme que je l'ai appelée pour exiger l'incinération d'urgence, et quelqu'un a imité ma signature en bas de la demande de crémation. Ça s'est passé pendant que nous déjeunions. À mon retour, le corps était détruit. C'était ça votre mission, m'attirer au-dehors ?

— Je vous assure que je n'y suis pour rien.

— Qui êtes-vous, Le Prieur ? Un flic, un privé ? Vous bossez pour quelqu'un…

— Je vous l'ai dit, je travaille pour des hebdos…

— Ça suffit, Le Prieur, pas à moi. J'ai appelé *L'Événement du Jeudi*. Votre nom ne dit rien à personne. C'est votre vrai nom, au moins ?

— Bon, O.K., un point pour vous, concéda Gabriel. Il faut qu'on se voie, docteur Vieira, et très vite. Je crois que vous avez mis le doigt sur un truc énorme. Et vous pourriez même être en danger.

Gabriel regarda sa montre. Il était six heures moins le quart :

— Maintenant, c'est possible ?

— Non, pas du tout.

— Et ce soir ?

— Peut-être. Où puis-je vous rappeler ?

— Je préfère le faire, moi.

— Je vois… Enfin, je suppose que je n'ai pas le choix. Recontactez-moi à neuf heures. J'aurai un peu avancé.

— Vous aviez fait des prélèvements, non ?

— Vous avez une bonne mémoire, vous. Oui, j'en ai fait deux : foie et poumon. Et je les ai toujours, d'ailleurs. Mais ne m'en veuillez pas si je ne vous dis pas où je les ai cachés.

— Je ne vous le demande pas.

— Qui pouvait avoir intérêt à détruire le corps ? Répondez-moi, Le Prieur.

— Je n'en sais rien.

— Vous n'en savez rien, vous n'en savez rien ! Mais est-ce qu'au moins vous vous rendez compte de la merde dans laquelle je suis ? Et aussi, pourquoi dites-vous que je suis en danger ?

— Un pressentiment... Et vous avez parlé à Cheval du cancer du poumon de Perek ?

— Non, j'ai oublié, avec tout ce boxon. Pourquoi, ça a un rapport, à votre avis ?

— Je n'en sais rien.

— Écoutez, Le Prieur, rappelez-moi tout à l'heure à l'hosto, avant neuf heures. Moi aussi, je veux vous revoir. Je serai encore vivant, ne vous en faites pas. J'ai un peu de cholestérol, un peu de tension, mais je me soigne.

Au déclic, Gabriel reposa lentement le combiné.

Ainsi, il ne restait plus rien de Perek, sinon deux éprouvettes contenant l'une une parcelle de foie, l'autre une de poumon. L'anéantissement. Un peu étourdi, Gabriel s'empara du lourd volume de la *Correspondance Botul-Zweig.* Dans sa lettre à Zweig du 23 février 1917, le bon Jean-Baptiste écrivait :

« Vous vous plaignez de maux de tête, mais savez-vous, cher Stefan, que certaines maladies mortelles doivent leur caractère – relativement – inoffensif au fait qu'elles ne se déclarent qu'après cent cinquante années d'incubation ? »

La coïncidence du thème fit naître sur les lèvres de Gabriel un mauvais sourire. Il reposa le livre, quelque peu mal à l'aise, et s'étira comme un chat. Derrière ses paupières lourdes dansèrent un instant confusément les yeux de Sylvia, les taches de rousseur d'Isa, la bouche de Cheryl. Un bâillement lui échappa et le ressac l'emporta. Il n'entendit pas les cloches du Sacré-Cœur sonner six heures et, malgré le tumulte de ses pensées, il s'endormit comme un enfant.

Lorsqu'il se réveilla, deux heures plus tard, il était en forme et l'heure de son rendez-vous.

18 avril, 20 h 15
Brasserie Le Soleil de la Butte, rue Muller, Paris 18e

Même s'il n'avait déjà fait la connaissance de Sylvia, Gabriel n'aurait guère eu de mal à identifier la table des amis de Philippe. Les jeunes gens portaient le masque sévère du deuil, et conversaient presque à voix basse.

Sylvia leva la tête et esquissa un sourire. Gabriel ne put s'empêcher de penser, une nouvelle fois, que la tristesse lui allait fort bien. Pourtant, elle devait être plus jolie encore quand elle était gaie.

— Je suis Jérôme, mentit Gabriel, et tous les visages se tournèrent vers lui.

— Asseyez-vous, dit un garçon d'une vingtaine d'années, un peu replet et déjà menacé par la calvitie. Je m'appelle Freddy.

— Laurence, compléta une blonde un peu terne, au menton ingrat.

— Et Jicé.

Un jeune homme, brun et mince, portant moustache mince et barbiche, sorte de lointaine et pâlotte copie de Léon Trotski, lui tendit la main.

Gabriel commanda une Pelforth pression et laissa le silence s'installer. Il pressentait que ce serait d'abord à lui de satisfaire leur curiosité.

— Sylvia nous a dit, pour Philippe, commença Freddy. À propos du cancer. On est tous d'accord, ce n'est pas possible.

— Non, renchérit la blonde. Je le connais depuis toujours, il me l'aurait dit. Au moins à moi…

Gabriel perçut la pointe de rouerie dans la remarque, et l'imperceptible pincement de lèvres de Sylvia, signes d'une rivalité entre les deux jeunes femmes, que la mort de Philippe n'avait pas effacée.

— Pourtant, le légiste est formel, trancha Gabriel. J'aurai la confirmation par le médecin de Philippe demain. Je dois le rencontrer…

— Tu le connais ? coupa Sylvia.

Sous le choc de l'étonnement, elle était passée au tutoiement.

— Tu me l'as demandé tout à l'heure…

— J'ai un petit peu progressé depuis, esquiva Gabriel.

— Je peux y aller avec toi ? demanda Freddy, timidement.

Gabriel eut une moue réticente :

— C'est-à-dire que d'habitude je travaille plutôt seul.

— Ah…

Le visage de Freddy se referma, boudeur, et Sylvia le fixa de ses yeux verts, avec animosité. À cette hostilité affichée, Gabriel comprit que la réprobation était unanime. Des gosses, ce sont des gosses, songea-t-il, un peu honteux, et moi, je me comporte comme un vieux con. Il corrigea le tir :

— Mais cette fois-ci, je crois que j'aurai besoin d'aide. J'ai rendez-vous demain matin. Retrouve-moi ici, à sept heures et demie, si tu veux.

— D'accord, fit Freddy, dont les yeux se mirent à briller.

Un gamin à qui son père aurait promis de l'emmener à Guignol… Gabriel repensa au surnom que lui avait donné Philippe, et au commentaire de Sylvia. Nacmat. Pas toujours gentil, ce Perek.

— Ça veut dire quoi, ton « Je travaille seul… » ? demanda le barbichu, toujours méfiant. Et c'est quoi, ton métier ?

— Je suis prof, éluda Gabriel, Maître de conf', à Nanterre.

Gabriel tendit la carte de visite qui avait tant impressionné Mme Maubert. Elle n'eut aucun effet notable sur le dénommé Jicé, qui insista :

— Tu es prof ? Quel rapport avec cette enquête ?

— Rien. Mais enseigner, ça me laisse des loisirs, alors dès que je trouve une affaire bizarre, j'ai tendance à mettre mon nez dedans.

— Il préfère ça aux timbres, compléta Sylvia, sans même se tourner vers Gabriel, mais ce dernier comprit qu'il s'agissait d'un hommage et il l'apprécia. Il héla le serveur, commanda un croque-madame, et enchaîna aussitôt :

— Je suppose aussi que vous ne croyez pas non plus à cette histoire de drogue découverte chez lui ?

— Ça aussi, c'est le délire des flics, s'emporta Freddy, Philippe ne touchait pas à ça.

— Il ne fumait même pas, renchérit la blonde.

Gabriel n'insista pas :

— J'ai lu que ses deux parents étaient décédés ?

— Son père dans un accident de voiture, quand il avait trois ans. Sa mère d'une crise cardiaque, il y a six ou sept ans. Il n'en parlait presque jamais.

— Il avait encore de la famille ?

— Un oncle du côté de son père, répondit Laurence. C'est lui qui l'a hébergé, pendant trois ans. Vous le verrez à l'enterrement, après-demain.

Elle avait parlé presque à voix basse, comme si elle craignait d'être entendue du serveur, qui apportait la commande. Quelque chose les inquiétait. Gabriel but une longue gorgée de Pelforth et mordit dans le croque-madame.

— Je sais que c'est une question idiote, mais… vous ne lui connaissiez pas d'ennemis ?

Chacun secoua la tête, mais Gabriel surprit un coup d'œil rapide entre Jicé et Freddy, qui confirma ses doutes. Ces deux-là devaient parler. Dans l'angle de la salle, il aperçut la pendule : neuf heures moins vingt-cinq. Vieira. Il devait le rappeler. C'était l'occasion de les laisser mariner.

— Je dois passer un coup de fil, fit Gabriel en se levant. Au légiste.

— Celui de Créteil ? Tu l'as rencontré ?

— Oui, répondit Gabriel, évasif.

Il savait qu'il ne pourrait pas longtemps cacher l'anéantissement du corps de Philippe, mais aussi qu'il devait encore attendre.

— Pendant ce temps-là, poursuivit-il, commandez-moi un second croque, et réfléchissez. Tout compte, même un détail qui peut vous sembler sans importance.

Gabriel se dirigea vers le point-phone près du bar, sortit son carnet et composa le numéro de l'hôpital. Il dut patienter quelques instants, et s'attacha à fixer un poster publicitaire d'une pêcherie, présentant tous les poissons, de la sole à l'espadon, avec leurs noms dans toutes les langues, latin compris. Gabriel en était à s'étonner que l'exocet fût le nom du poisson volant quand la standardiste lui passa Vieira. Le médecin avait décoléré mais était tout aussi excité.

— Le Prieur ? Content de vous avoir. J'ai du nouveau. Pour commencer, la police est passée.

— Vous l'avez avertie ?

— Évidemment que j'ai prévenu les flics. Qu'est-ce que vous croyez, Le Prieur ? J'ai porté plainte contre X, pour faux, usage de faux, destruction de preuves et tout le toutim. Faut bien que je me couvre un petit peu. Je viens même juste de quitter Cheval. Ce connard a passé ses nerfs sur moi. Faut avouer qu'il n'a pas dû avoir une journée facile. Son supérieur lui a passé un savon, vu qu'il aurait dû transférer le corps au médico-légal hier. Ensuite, l'infirmière de l'accueil l'a engueulé, attendu qu'il faisait chier tout le monde dans le service. Et quand il a appelé sa femme pour la prévenir qu'il serait en retard, elle lui a raccroché au nez : c'était leur vingtième anniversaire de mariage. Il y a des jours, comme ça…

À défaut de voir le sourire de Vieira, Gabriel l'entendit. Le légiste reprit :

— Bon, j'imagine que vous voulez savoir si je lui ai parlé de vous ?

— Si vous y tenez…

— Alors, oui, j'ai dit que j'avais déjeuné avec un journaliste, dont j'avais oublié le nom. Ça vous va ? Vous avez des choses à vous reprocher ?

— Pas vraiment…

— Ha ha ha. De toute façon, ils avaient d'abord interrogé Isa. Tiens, au fait, elle vous a décrit comme « grand, brun, beau gosse ». Bon, assez plaisanté. Dites donc, c'est une sale histoire, Le Prieur. Vous avez des renseignements sur ce Perek ? C'était du gros gibier ou quoi ? Je n'y pige rien.

— Cheval vous a dit où il en était ?

— J'ai essayé de le faire parler un peu. Je n'en ai pas tiré grand-chose. Je crois qu'il est dans la semoule.

— Vous avez encore les prélèvements ?

— Cheval me les a réclamés il y a dix minutes, mais ils étaient déjà partis au labo. Il aura des lamelles demain s'il veut faire d'autres analyses.

— Vous aurez les résultats quand ?

— Justement, je venais de les recevoir quand vous avez appelé. Le mieux, c'est que vous passiez. Je pourrai vous les commenter.

Gabriel hésita soudain. Le légiste sentit sa réticence et s'énerva.

— Dites donc, Le Prieur, qu'est-ce que vous croyez, que je veux vous piéger ? Vous m'avez bien regardé ?

— Bon, sourit Gabriel, ne vous fâchez pas. On se retrouve où ?

— Vers Nation. J'habite par là. Le Canon, vous connaissez ?

— Un peu.

— À partir de neuf heures et demie, alors, en terrasse. Je pars d'ici tout de suite.

Vieira raccrocha et Gabriel retourna s'asseoir devant un croque-madame déjà tiède. Les regards étaient plus francs, mais anxieux.

— Tu l'as eu ? demanda Freddy, un peu stupidement.

— Oui.

Gabriel se tut, demeurant quelques longues secondes à les observer. Il décida qu'il lui fallait parler, parce qu'ils méritaient sa confiance et que, sans doute, quelques révélations déclencheraient les confidences.

— Le corps de Philippe a été détruit.

— Détruit ?

— Cet après-midi, quelqu'un, à l'hôpital, a rempli une demande d'incinération d'urgence en imitant la signature du médecin légiste.

De stupeur, Freddy laissa échapper un « Merde ! » qui tomba dans un silence absolu. Sylvia devint pâle comme un drap et Gabriel regretta aussitôt d'avoir parlé. La jeune fille blonde eut un haut-le-cœur et quitta la table précipitamment. Jicé la suivit aussitôt pour la seconder.

— Je suis désolé, murmura Gabriel. Quelqu'un voulait vraiment faire disparaître Philippe.

— Mais pourquoi ? Pourquoi ? répéta Freddy, désemparé.

— Je n'en ai aucune idée. Il n'a jamais évoqué de menaces, mentionné de noms ?

— Le jour où il a disparu… commença Freddy, mais il se ravisa : Non, c'est trop peu de chose pour en parler.

— Dis toujours, l'encouragea Gabriel.

— Il m'a laissé un message zarbi : il avait mis le doigt dans une sale affaire. Mais pas de nom, rien.

— C'est vrai, on n'en sait pas plus, murmura Jicé, en se rasseyant.

À côté de lui, Laurence avait les lèvres humides et les yeux rouges. Gabriel comprit qu'elle avait vomi.

Gabriel regarda sa montre : neuf heures cinq.

— Bon, soupira-t-il, quelqu'un est motorisé ? Je file à Nation.

18 avril, 21 h 20
Le Canon, place de la Nation, Paris 12e

Freddy monta sur le trottoir avec la Honda, face à la brasserie. Le Poulpe jeta un coup d'œil rapide à la terrasse : Vieira n'était pas encore arrivé. Il se tourna vers le garçon roux :

— Bon. Alors, on entre séparément, on s'installe à deux tables différentes, toi face à moi. Tu surveilles les alentours, tu regardes qui entre dans la brasserie, qui pourrait planquer en face. De mon côté, je discute avec Vieira, et à la fin je le laisse partir le premier. Ensuite, je sors lentement, je fais un tour complet de la place, sans me presser. Toi, tu vérifies de loin que personne ne me suit. Ensuite, si tout est clean, on se retrouve devant la moto. D'accord ?

— C'est quoi, ce plan ? Du James Bond ?

— Juste au cas où Vieira me soupçonnerait d'être pour quelque chose dans cette histoire et aurait averti les flics… fit Gabriel en tendant son casque à Freddy.

— Ah ouais, d'accord, O.K., O.K., fit le garçon, ravi.

18 avril, 21 h 20
Hôpital militaire du Val-de-Grâce, Paris 14e

Étienne Baudry, chef du service d'épidémiologie, s'épongea le front et continua de faire les cent pas dans son bureau. Il était déjà tard, et il sentait la fatigue dans les clignements de ses yeux rougis. L'accueil avait annoncé l'arrivée de Louvain, et dans quelques instants le chirurgien pousserait la porte. Que dire ? « Virginie n'a pas souffert, docteur Louvain… » Non, il n'y parviendrait pas. Peut-être valait-il mieux simplement accueillir Louvain en silence, lui serrer la main, avec affection. Oui, ce serait mieux qu'une phrase idiote. Toutes les phrases étaient idiotes.

En dépit des années, Baudry n'avait pas apprivoisé la mort. Il devinait qu'il n'y aurait jamais rien pour un père de plus terrible que la perte de son enfant. Aucune parole ne conviendrait jamais, aucun rituel ne saurait atténuer la peine.

Le fait que c'était à un collègue qu'il devrait parler de la mort de sa fille décuplait son sentiment de culpabilité. Il ne pouvait s'empêcher de se sentir incompétent. D'autant qu'il s'agissait de Jacques Louvain, dont la réputation comme neurochirurgien était impressionnante.

Baudry entendit les pas dans le couloir et ouvrit la porte avant que Louvain ne frappe. Il tendit aussitôt la main vers le chirurgien, qui la serra, sans vigueur. Louvain paraissait épuisé, et il tenait à la main un sac de voyage dont la poignée ployait.

— Entrez, docteur, asseyez-vous, murmura Baudry, en désignant le fauteuil et en repassant derrière son bureau, tentant de se donner une contenance.

— Je ne reste pas, répondit Louvain, d'une voix sans émotion. Je vous remercie d'avoir retardé l'incinération.

— Je… Je me doutais que vous voudriez revoir Virginie…

— Vous pouvez donner les ordres, maintenant. Je connais les consignes. Je voulais seulement savoir comment…

— Elle s'est éteinte dans la nuit de lundi à mardi… Paisiblement, dit Baudry avec précipitation. À aucun moment, elle n'a repris conscience. Nous avons tenté de vous contacter aussitôt, mais…

— Je sais, coupa Louvain. J'étais… injoignable.

— Je ne sais pas quoi vous dire, balbutia avec une émotion sincère le médecin-chef.

Baudry baissa les yeux vers le cuir du bureau, incapable de soutenir le regard froid du chirurgien.

Un silence étouffant empesait l'air de la pièce. Louvain hocha la tête :

— Je vous suis reconnaissant de tout, docteur Baudry. Vous n'étiez pas tenu à l'impossible. Au revoir.

Il recula vers la porte, et Baudry s'empressa de contourner le bureau pour le reconduire. Louvain fit un pas dans le couloir vers les ascenseurs.

— Permettez-moi de vous accompagner, souffla Baudry, en lui emboîtant le pas.

Derrière eux, un homme jeune en blouson, qui lisait *Impact Médecin,* reposa la revue et se leva. Il les suivit à distance, posément. Baudry appela les ascenseurs, observant machinalement les chiffres qui s'allumaient les uns après les autres au-dessus de celui de droite, jusqu'au 2. La porte s'ouvrit. L'homme entra le premier dans la cabine.

— Je voulais vous dire encore… reprit Baudry, timidement.

— Oui ? répondit Louvain, s'immobilisant.

— Je suis tellement désolé. Je croyais sincèrement à un miracle… Avec le Cyclohexil…

Louvain posa la main sur l'épaule de son confrère, avec sympathie. Les panneaux de l'ascenseur se refermèrent un instant.

— Je vous attends, docteur ? demanda l'homme en blouson dans la cabine, en maintenant les panneaux ouverts d'une pression sur le bouton.

Louvain secoua la tête sans le regarder. L'autre hésita un court instant avant de laisser les panneaux se refermer.

— Vous le connaissiez ? fit Baudry, étonné, quand l'ascenseur eut démarré.

— Non, répondit Louvain. Pourquoi ?

— Il vous a appelé docteur. J'ai pensé que…

— Non, je ne le connais pas, répéta Louvain. C'était sans doute à vous qu'il s'adressait.

— Non, non, insista Baudry. C'était bien vous qu'il fixait.

Louvain demeura pensif un instant, avant d'emprunter l'ascenseur de gauche dont la porte venait de s'ouvrir. Il salua une dernière fois Baudry, et appuya sur le bouton du rez-de-chaussée, puis, aussitôt, sur celui du premier étage.

Parvenu au premier, il sortit précipitamment de la cabine et courut vers l'escalier, situé à une dizaine de mètres, près du monte-malade. Prudemment, il descendit une marche après l'autre. Il ne s'était pas trompé : l'homme en blouson n'avait pas quitté le hall. Il avait rejoint un second individu, en imperméable mastic, et conversait avec lui, tout en surveillant les portes des ascenseurs avec une extrême vigilance. Son compagnon sortit un téléphone portable et appuya sur quelques touches.

Louvain remonta au premier étage et réfléchit. Ainsi, s'ils avaient attendu pour l'éliminer, c'est qu'ils voulaient qu'il se rende à l'hôpital, afin d'accréditer la thèse du suicide. Ils s'étaient doutés qu'il voudrait revoir sa fille une ultime fois.

Il n'avait pas d'arme sur lui. Il y avait bien une

bombe lacrymogène de défense dans la boîte à gants, mais la Volvo était garée face au hall d'entrée. Il lui fallait agir ici, dans l'enceinte de l'hôpital, où ils ne tenteraient sûrement rien.

Louvain ouvrit son sac. Il en sortit une petite seringue de trente-cinq millimètres et un flacon de verre qu'il dévissa. Il fit sauter le capuchon de l'aiguille et l'enfonça dans le caoutchouc de protection. Dix centimètres cubes de succinylcholine montèrent dans le réservoir. D'un geste automatique, Louvain expulsa l'air, et serra la seringue dans sa main droite, le pouce sur le piston. De sa main gauche, il prit son sac. L'ascenseur s'arrêta, il s'y engouffra. Le sang cognait à ses tempes.

Parvenu au rez-de-chaussée, il se dirigea vers la sortie, d'un pas mesuré, en fixant la porte. Les deux hommes échangèrent un regard de connivence, et le plus grand porta la main à la poche de son imperméable. Parvenu à quelques mètres des tueurs, Louvain trébucha et s'affala sur le premier. De la main gauche, sans lâcher son sac, il s'accrocha vigoureusement au bras du tueur, prenant un appui solide, tandis qu'il plantait profondément la seringue à la base du maxillaire et injectait le paralysant dans la veine jugulaire d'une vive pression. Il avait frappé avec une telle adresse qu'il s'étonna de sa propre efficacité.

L'homme en blouson, stupéfait, laissa Louvain se relever tandis que l'autre portait la main à son cou en grimaçant, cherchant la source d'une douleur aussi vive, mais plus sourde à chaque seconde. La seringue était enfoncée jusqu'à la garde.

Le type n'en revint pas.

— Bordel de merde, mais…

Le tueur ôta l'aiguille avec précaution mais en grimaçant. Il tenta de reprendre son souffle mais se montra incapable d'inspirer la moindre bouffée d'air. Ses yeux se révulsèrent presque aussitôt, et il tomba comme une masse. À la même seconde, Louvain mit toute son énergie dans son genou droit et le projeta avec précision dans l'entrejambe de son acolyte, lequel s'effondra sur-le-champ, les yeux exorbités de douleur, incapable même de hurler.

Une infirmière accourait, mais Louvain s'enfuyait déjà vers la sortie. Quand le tueur en blouson, plié en deux, se releva enfin, avec peine, la Volvo avait depuis longtemps disparu dans les lumières de la nuit.

18 avril, 21 h 50
Le Canon, place de la Nation, Paris 12e

Gabriel jeta un nouveau coup d'œil à la pendule. Freddy, à trois tables de lui, feignait de lire *L'Équipe* en lui jetant de temps à autre un regard inquiet. Gabriel non plus n'aimait pas ce retard. Il fit un signe discret à Freddy, se leva et se dirigea vers le comptoir.

— Le Prieur !

Gabriel se retourna. Vieira se planta devant lui, un casque à la main.

— Désolé du retard, fit le légiste en regardant sa montre. Mais vieux motard que jamais…

— Elle n'est pas neuve, celle-là, sourit Gabriel.

— C'est sûr, reconnut Vieira, mais moi non plus. Bien, après cet échange de civilités, Le Prieur, causons un brin. J'ai réfléchi : j'ai l'intime conviction que vous n'êtes pour rien dans cette histoire. J'ai décidé de vous faire confiance. Ne me remerciez pas, surtout. Pour commencer, si je suis en retard, c'est que Cheval m'a rappelé.

— Il s'était calmé ?

— Oui, il s'est même excusé. Ce n'est pas le mauvais bougre, finalement. J'ai accepté d'envoyer à la police scientifique mes deux prélèvements. Mais comme je n'aime pas me laisser piquer mon travail par des sagouins, j'en ai fait quatre petits avec deux moyens, et j'en ai gardé deux.

— Bonne initiative, approuva le Poulpe.

— J'ai pensé que ça vous plairait.

Vieira marqua un temps d'arrêt et dévisagea Gabriel :

— J'ai aussi obtenu quelques résultats d'analyse très bizarres : le sang de Philippe Perek contenait de l'hexamarcaïne et de l'azathioprine à haute dose. Mais j'imagine que vous vous en doutiez…

— De l'asiaquoi ? demanda Gabriel, sortant son carnet de sa poche.

— Ne vous foutez pas de moi, Le Prieur…

Gabriel releva les yeux vers le légiste, déconcerté. Celui-ci fronça les sourcils et ajouta :

— Parce que vous savez, l'hexamarcaïne, l'azathioprine, on ne les retrouve dans le sang qu'à condition de les y chercher…

— Ce qui signifie ?

— Que si j'ai fouillé dans cette direction, c'est qu'on m'a conseillé de le faire. Un appel anonyme, cet après-midi. Ce n'est pas vous, par hasard ?

Gabriel secoua la tête.

— Non, ce n'est pas moi. Vous pouvez décrire la voix ?

Vieira haussa les épaules.

— Une voix d'homme, distinguée. Je dirais d'un certain âge, mais allez deviner. Ça se déguise, une voix… En tout cas, ce type savait de quoi il parlait. Il m'a aussi suggéré de demander à la famille si Perek portait un tatouage de cinq centimètres sur cinq, sur l'épaule gauche. Un tatouage représentant Icare, le dessin de Matisse, vous voyez ?

— Non, pas vraiment. À quelle heure, l'appel ?

— Dix-huit heures environ. Pourquoi ?

Gabriel eut une moue dubitative. Était-ce le même Gorge Profonde que celui qui l'avait averti de gommer ses empreintes ? Il ouvrit son carnet et décapuchonna son stylo.

— Ces deux produits que vous venez de citer, qu'est-ce que c'est ?

— L'hexamarcaïne est un anesthésique tout bête. Peut-être qu'on l'a découpé en morceaux sous anesthésie. Ha ha ha. Et l'azathioprine est une substance qui abaisse les défenses immunitaires de l'organisme. On l'utilise pour éviter des réactions de rejet dans les greffes d'organes.

— Vous pensez que Philippe Perek avait subi une greffe récemment ?

— Je n'en sais rien. Mais s'il en avait subi une, il

aurait ce genre de produits dans l'organisme. S'il n'en a pas subi, je me demande pourquoi il en a.

Gabriel réfléchit. Une idée lui traversa l'esprit.

— Et si, malgré les empeintes digitales concordantes, ce garçon déchiqueté n'était pas Philippe Perek ? Est-ce qu'on pourrait le savoir ?

— Bien sûr qu'on le pourrait, et d'ailleurs, on le sait : c'est lui. J'ai demandé plusieurs tests ADN, sur des cellules du cœur, du foie, de la main. La police a comparé aux fragments d'ADN trouvés sur son rasoir, sur sa brosse à cheveux, ses sous-vêtements.

— Il ne peut pas y avoir d'erreur ? demanda le Poulpe sans grand espoir.

— Non. Vous faisiez quoi, au lycée, pendant vos cours en biologie ? soupira le légiste. Le génome humain, c'est vingt-trois paires de chromosomes, qui comportent chacun deux cent mille gènes, gènes eux-mêmes constitués de petites briques élémentaires : les bases. Avec trois milliards de ces bases, on peut décrire entièrement un individu. Et entre votre petite copine et Charles Pasqua, il n'y a que deux ou trois millions de différences génétiques. Ça vous la coupe, hein ?

— Littéralement. J'essaierai de ne pas y penser… frémit Gabriel, cauchemardant se réveiller un matin dans les bras du susnommé.

— Bref, reprit Vieira, avec les techniques dont on dispose, il y a une chance sur un million de confondre deux individus. CQFD : c'est Perek qu'on a retrouvé.

— Vous avez dit que Perek avait un cancer du

poumon. Et si ce n'étaient pas ses poumons, justement, que vous avez retrouvés ? Si on lui avait volé ses poumons sains pour les greffer à un autre ? Si c'était pour ça qu'on avait détruit le corps ?

— Vous vous y connaissez, en greffes ? sourit Vieira.

— Pas vraiment, mais je veux bien continuer à apprendre.

— Eh bien, voyez-vous, les greffes de poumons sont rares, et elles se terminent souvent par un échec. Pour mettre toutes les chances de son côté, il faut que le donneur soit de la même famille que le receveur, de préférence son frère. De toute façon, le cancer de votre Perek s'était déjà généralisé. Il y avait un début de métastase dans le foie.

— On n'aurait rien pu tenter ?

Vieira eut une grimace d'impatience et soupira.

— Non, je vous le dis. C'était vraiment trop tard.

Le légiste se tut un long moment avant de demander :

— Dites-moi, Le Prieur, qui a fait disparaître son corps, et pourquoi ?

— Je n'en ai aucune idée.

— Ce message anonyme, qui me l'a laissé ? La même personne ?

— Vraiment, je vous assure, je n'en sais rien.

— Et Le Prieur, bien sûr, ce n'est pas votre nom…

Ce n'était pas une question. Vieira soupira et se leva. Il paraissait soudain dix ans de plus.

— Jérôme, c'est votre vrai prénom, au moins ?

— Si vous m'appelez Gabriel, ce sera plus proche de la vérité, sourit le Poulpe.

— Gabriel ? Comme l'archange ? Ou le tonton de Zazie ? C'est presque plausible. Moi, c'est Théo… Mais il n'y a plus que ma mère pour m'appeler comme ça. Mes amis m'appellent Vieira.

Il tendit la main à Gabriel. Le Poulpe la serra, d'une poignée franche :

— Enchanté…

— De même, de même… fit Vieira en se levant et en réprimant un bâillement. Bon, je suis crevé, je vais dormir, Gabriel. Trop d'émotions… Rappelez-moi demain, vers midi, à l'hôpital.

Gabriel le regarda s'éloigner, franchir la porte de la brasserie, et se leva à son tour. Puis, comme convenu, il effectua lentement le tour de la place de la Nation. Lorsqu'il revint à son point de départ, Freddy avait déjà fait démarrer la Honda.

— Tout le monde s'en fout, de nous, se contenta de murmurer Freddy en lui tendant le casque… Parani et Parano sont dans un bateau…

19 avril, 7 h 55
Cabinet médical, 24, rue des Cloys, Paris 18e

La salle d'attente puait le déodorant pins des Landes et la vieille moquette de laine. Gabriel reposa *L'Express* et bâilla : il avait mal dormi, avant de se réveiller à six heures du matin, incapable de retrouver le sommeil.

Freddy, après cinq longues minutes de déprime

sur *Actualité Sida,* allait s'emparer de *Voici* quand la secrétaire médicale entrouvrit la porte vitrée de la salle d'attente.

— Le docteur va vous recevoir tout de suite, monsieur Piérec.

— Perek, la reprit Gabriel. Sans accent, avec un « k ».

Freddy abandonna l'hebdomadaire à scandales avec une moue de désespoir et se leva.

— Et voilà, une fois de plus, je saurai pas avec qui couche la princesse…

— C'est pas grave, le consola Gabriel, c'est comme l'heure, ça change tout le temps…

— Messieurs ?

Le docteur Roux était un homme d'une quarantaine d'années, un peu plus petit que Gabriel, mais d'allure sportive.

— Par ici, si vous le voulez bien, fit-il en les précédant dans la salle de consultation.

Il contourna son bureau, et d'un ton curieux, mais affable, demanda :

— Vous êtes ensemble ?

— On peut le dire comme ça, se contenta de répondre Gabriel, refermant la porte derrière Freddy.

Le Poulpe s'installa dans son fauteuil, et sourit. Le médecin saisit un stylo-feutre, histoire de s'occuper les mains :

— Je vous écoute, jeunes gens. Qui est le malade ? Monsieur Perek ? Je crois que j'ai un patient qui porte ce nom. Vous êtes de sa famille ?

— Philippe Perek était le cousin germain de monsieur, affirma Gabriel en désignant Freddy, qui venait de s'asseoir sur la seconde chaise. Freddy ne tiqua pas. Le Poulpe l'avait prévenu : quoi qu'il dise, quoi qu'il fasse, ne s'étonner de rien.

— Était ?

Le praticien secoua la tête sans comprendre.

— Vous n'êtes pas au courant ?

— De quoi ?

— Philippe Perek est mort assassiné. La semaine dernière.

Gabriel observa attentivement le médecin et lui tendit la photocopie de l'article. Ce dernier la prit avec brusquerie et la lut attentivement. Puis il la reposa devant lui, son regard revenant sans cesse sur la photographie du jeune homme.

— C'est… affreux…

Son étonnement avait cédé la place à un trouble certain. Il répéta, à mi-voix :

— C'est affreux… Je ne me doutais pas…

Gabriel ne quittait pas le médecin du regard, guettant le moindre signe.

— Vous ne vous doutiez pas de quoi, docteur ?

Roux sembla émerger d'un rêve pénible. Il se passa rapidement la main sur le visage, comme pour chasser une image trop atroce.

— Excusez-moi, mais… Vous ne venez pas pour consulter ?

— Non, effectivement, nous ne venons pas pour consulter.

— Vous… Vous êtes de la police ?

Il y avait dans son ton de la méfiance et peut-être même une certaine inquiétude.

— Non, je vous l'ai déjà dit : monsieur est le

cousin de votre patient. Quant à moi, je suis le conseil juridique de la famille Perek. Nous voudrions juste vous poser quelques questions.

— Je ne peux rien vous dire de spécial. D'ailleurs, je n'en aurais pas le droit. Le secret professionnel…

— Ah, le secret professionnel… Le terrible secret professionnel…

— Oui.

Le médecin se leva et se dirigea vers la porte, qu'il entrouvrit.

— Je suis désolé. Vous serez venus pour rien.

Gabriel resta assis, souriant, décidé à ne pas faire un geste. Freddy l'imita, bien que secrètement tenté de déguerpir. Les deux hommes s'affrontèrent du regard. La secrétaire s'approcha, intriguée, et Roux referma la porte, embarrassé. Ce dernier geste fut fatal au médecin. Il acheva de convaincre Gabriel que Roux avait quelque chose à cacher et venait de perdre pied.

— Asseyez-vous, docteur, cela vaudra mieux. Nous avons porté plainte contre X pour assassinat et vous risquez, dans un premier temps, d'être convoqué par l'inspecteur chargé de l'enquête, et plus tard d'être appelé à témoigner au procès.

— Mais… pour quelle raison ? Quel rapport puis-je avoir avec cette histoire ?

— En tant que médecin traitant, vous pourrez peut-être expliquer pourquoi on a retrouvé de l'azathioprine et de l'hexamarcaïne dans l'organisme de votre patient.

Gabriel n'était pas mécontent d'avoir retenu le nom de ces produits. Les prononcer de façon aussi professionnelle eut un effet visible sur Roux : le sang reflua de son visage et il bafouilla :

— N… non. Je ne comprends pas…

— Vous connaissez ces produits, je suppose, docteur… articula Gabriel avec lenteur, ravi de jouer avec les nerfs du médecin.

— Euh… Oui…

— Tout semble indiquer, poursuivit Gabriel, que ses tortionnaires ont réalisé sur lui une opération chirurgicale. Vous en conviendrez avec moi ?

— Co… comment est-ce possible ? Il me semble…

— Docteur, il s'agit d'un meurtre, et d'un meurtre épouvantable, coupa Gabriel, cassant.

Il se leva, et, pour donner plus de force à ses propos, s'approcha de Roux, presque menaçant. Le médecin recula sur-le-champ, courbant les épaules. Réflexe instinctif de primate, diagnostiqua le Poulpe en insistant, profitant de son avantage :

— Je crois que le secret professionnel a des limites, docteur, en particulier s'il devait amener à protéger des criminels. Il me semble que vous auriez tout intérêt à ne rien nous cacher.

Les tempes de Roux palpitaient sous l'effet d'un tic nerveux. Le médecin était terrorisé. Freddy, lui, s'agita sur sa chaise.

— Docteur, s'acharna Gabriel, vous ne semblez pas comprendre que vous allez devoir témoigner, si la partie civile l'exige. Si vous avez demandé que Philippe subisse des examens, c'est bien que vous soupçonniez quelque chose…

— Je… Je n'ai rien à vous dire.

— De plus, comme vous le savez, puisque vous

disposez des résultats de ses examens, Philippe était atteint d'un cancer du poumon en voie de généralisation.

Cette fois-ci, le médecin parut plus stupéfait encore qu'ébranlé. Il fronça les sourcils :

— Quoi ? Mais pas du tout.

— Ce sont les bilans des analyses du légiste : il est formel. Le corps a beau avoir été réduit en miettes, on a tout de même trouvé des métastases dans le poumon droit.

— Que... Qu'est-ce que c'est que cette histoire de légiste ?

— Posons le problème autrement : si Philippe présentait tous les symptômes d'un cancer, pourquoi ne pas avoir effectué plus tôt les indispensables examens de confirmation ?

— Écoutez... bredouilla le médecin, soudain surpris d'être attaqué sur ce terrain. Tout ceci est absurde. M. Perek était en parfaite santé. Vous ne pouvez pas m'accuser de négligence.

Gabriel sentit qu'un boulevard venait de s'ouvrir devant lui et poussa l'avantage.

— Veuillez alors nous présenter le dossier médical de Philippe Perek.

— Mais... Vous n'en avez pas le droit.

— C'est ce que nous verrons. Pourquoi avoir envoyé Philippe à la clinique Ornano pour une radio des poumons, et ce voici à peine deux mois, alors qu'il était déjà trop tard pour le sauver ?

— Une radio des poumons ? Pour un cancer ? C'est à la clinique Ornano qu'ils vous ont raconté un truc pareil ?

— Évidemment.

— Je ne vous crois pas. Vous mentez.

D'un coup, le médecin sembla reprendre courage. Gabriel se serait mordu la langue de rage. Il venait de commettre sa première erreur : parce qu'il disposait de trop peu d'éléments pour contraindre le docteur à parler, il s'était risqué en terrain découvert.

— Contrairement à ce que vous affirmez, les résultats des examens étaient parfaitement négatifs, grimaça le médecin, avec une assurance nouvelle. Maintenant, messieurs, veuillez sortir…

Le généraliste ouvrit grand la porte de la pièce. Gabriel ne bougea pas.

— J'imagine alors, docteur, que vous pourrez présenter le dossier médical lors du procès…

— Veuillez sortir, messieurs. Je ne le répéterai pas.

Gabriel se tourna vers Freddy.

— Nous pouvons y aller, monsieur Perek ?

— Euh, oui, fit Freddy, gauchement.

— Eh bien, au revoir, docteur, lança Gabriel, d'une voix forte. Au procès, donc…

— Sortez, hurla le médecin, hors de lui.

Gabriel se leva et traversa le couloir à grandes enjambées, suivi de près par Freddy. La secrétaire médicale les accompagna jusqu'à la porte, et la claqua derrière eux.

— Tu vois, Freddy, fit le Poulpe en appelant l'ascenseur, comme dirait un copain, on fait toujours plaisir aux gens en leur rendant visite. Si c'est pas en arrivant, c'est en repartant.

— T'as un copain qui dit ça ?

— Un patron de bistrot, ouais, soupira Gabriel. Bon, tu y es arrivé ? Tout va bien marcher ?

— Oui, oui. Ça devrait aller.

— Bravo. Au fait, j'ai un cadeau pour toi…

Gabriel extirpa de sa poche deux minuscules téléphones portables.

— Attrape ça. Tu vois, je me suis vraiment équipé, ce matin.

— C'est quoi ? demanda Freddy, stupidement, en contemplant les Nokia.

— Ça se voit pas ? Des appareils où tu mets ta bouche en bas et ton oreille en haut. Ça s'appelle des téléphones.

— …

— On va avoir de la filature à faire. Si nous étions séparés, tu pourrais m'appeler facilement. Je les ai loués pour trois jours. Mon numéro est programmé, tu tapes « étoile », puis la touche « un ». Compris ?

— Com… compris… acquiesça Freddy en fourrant le portable dans sa poche intérieure de blouson.

— Bon, un petit test, alors…

Le Poulpe appuya sur quelques touches, et le portable sonna dans la poche de Freddy, qui sursauta. Maladroitement, il extirpa l'appareil.

— On a une demi-heure à tuer. Tu veux un café ? demanda Gabriel en portant l'appareil à l'oreille.

— Euh, oui… marmonna Freddy, décontenancé.

— Je n'entends rien.

— Oui, répéta Freddy, d'une voix plus forte…

— Pitié, Fred. Appuie sur le bouton « talk », et cause dans le micro… soupira le Poulpe.

— Ah ouais, d'accord… O.K., O.K…

Gabriel secoua la tête, la mine contrite. Comme l'eût dit Gérard, on n'était pas rendu.

19 avril, 8 h 45
Cabinet médical, 24, rue des Cloys, Paris 18e

Gabriel patientait assis sur la seconde marche de l'escalier quand la porte du cabinet s'ouvrit enfin. Roux raccompagnait une patiente à la porte. Gabriel se glissa dans le couloir du cabinet, devant un Roux pétrifié et une secrétaire interdite.

— Bonjour, docteur, c'est encore moi… salua Gabriel en marchant prestement jusqu'à la salle de consultation.

— Qu'est-ce que vous faites ? J'ai dit que je ne voulais plus vous voir !

Il tenta de rattraper Gabriel, mais celui-ci était déjà dans la pièce, soulevant la chaise où le Freddy s'était tout à l'heure assis. Il décolla un petit objet retenu par du ruban d'adhésif.

— J'avais oublié ceci.

Il brandissait un minuscule magnétophone. Le médecin regarda un instant sans comprendre, puis ses yeux s'écarquillèrent et sa bouche s'entrouvrit.

— Dois-je appeler la police, docteur ? murmura la secrétaire, effarée.

Roux secoua la tête et ferma la porte derrière lui précipitamment.

— Donnez-moi ça ! gronda le médecin.

— Les merveilles de la technique, doc, ricana le Poulpe. Ça se déclenche au moindre bruit.

Gabriel appuya sur le bouton « play ».

On entendit la composition d'un numéro de téléphone et la voix du médecin.

— *Allô ? Ici, le docteur Roux. J'ai eu la visite…*

Roux tenta d'arracher le magnéto. Gabriel l'arrêta net d'un direct au foie. Le souffle coupé, le médecin tomba sur les genoux. Gabriel rembobina quelques secondes et réenclencha la lecture.

— … *eu la visite de la famille de Philippe Perek. Il est mort. Vous le saviez ?*

— …

Le médecin se redressa, les yeux hagards. Gabriel posa l'appareil sur le bureau de Roux et le fit asseoir sur une chaise, sans ménagement. La bande défilait toujours.

— … *Je sais que je ne devais pas vous appeler, mais c'est un cas de force majeure.*

— …

— *Vous vous rendez compte de ma situation ? Vous devez me rendre le rapport médical. Ils me menacent d'un procès !*

— …

— *Mais vous ne comprenez pas ? Il a été assassiné ! Allô ! Allô ?*

On entendit le déclic du raccrochage. Gabriel arrêta la bande et glissa l'appareil dans sa poche.

— Si vous voulez mon avis, Roux, vous courez droit vers les ennuis. Qui avez-vous appelé ? Vous

vous êtes rendu complice d'un assassinat et je vous conseille de me dire la vérité.

— Je… Je ne peux pas vous dire. Je ne les connais pas… Je n'avais qu'un numéro de téléphone.

Le médecin fit mine de se lever, mais le Poulpe lui saisit le bras et le retourna en une clé douloureuse, coude presque au milieu du dos.

— Aïe ! Vous me faites mal, gémit Roux.

— Vous avez intérêt à m'en dire un peu plus, docteur. Sinon, je vous assure que je me ferai un plaisir de vous briser l'épaule. Sans compter un appel circonstancié au conseil de l'ordre qui risque d'arrêter net votre carrière. À vous de choisir…

Gabriel força sur la clé de bras. L'autre geignit.

— Ils sont venus un jour, ils savaient que Perek était l'un de mes patients.

— Ils ?

— Deux types, rien de spécial. Ils m'ont dit qu'ils travaillaient pour un laboratoire, mais que leur démarche ne pouvait pas être officielle. Ils m'ont demandé de leur communiquer son bilan médical et de lui faire effectuer quelques examens.

— Cela date de quand ?

— Il y a deux ou trois mois.

— Et vous avez fait ça sans vous faire prier ?

Gabriel augmenta la pression sur le coude, le médecin poussa un cri de douleur.

— Arrêtez, merde ! Vous allez me casser le bras ! Ils m'ont proposé de l'argent.

— Combien ?

— Quarante mille francs. C'était juste pour faire

passer à Perek les examens qu'ils me demandaient et leur transmettre les résultats.

— Soyez plus précis, Roux : quels examens ?

— Une radio du thorax, une numération sanguine, un test HIV, et un scanner de la région céphalo-rachidienne.

— Quel était le but de tout ça ?

— Je vous dis que je n'en sais rien. Je devais seulement obtenir de Perek qu'il passe ces examens et envoyer les résultats.

— C'est tout ce que vous avez à me dire ?

— Je vous ai tout dit.

— Très bien, alors, nous allons procéder autrement, fit Gabriel, en décrochant le téléphone de sa main libre. Maintenant, regardez : toujours les merveilles de la technique, docteur, dit-il, tout en maintenant fermement Roux.

D'un doigt, il appuya sur le bouton « bis ». Une dizaine de notes s'égrenèrent, dont la mélodie rappelait celle de la bande magnétique. Le Poulpe eut un sourire de victoire. Roux n'avait appelé personne depuis ce coup de fil.

Au bout de la ligne, on décrocha, mais aucun mot ne fut prononcé. Le correspondant attendait.

— Allô, ici le docteur Roux, fit Gabriel avec calme, vérifiant sa prise et arrachant une grimace de douleur à son prisonnier.

— Vous ne deviez plus jamais nous appeler, docteur, fit une voix d'homme, grave. J'espère que c'est pour une excellente raison.

— C'est que… j'avais oublié de vous signaler une allergie… À l'hexamarcaïne. Je viens tout juste de recevoir les résultats d'analyse complémentaires. J'ai pensé que ça vous intéresserait.

— Bien. Quelqu'un va venir les chercher tout de suite. Vous n'avez rien oublié d'autre, docteur?

— Non, non.

— Je l'espère sincèrement pour vous. Ne quittez pas le cabinet médical.

L'homme raccrocha le premier. Gabriel relâcha le médecin, qui se massa le bras endolori :

— J'espère que vous savez ce que vous faites. Ce sont des gens très dangereux. Je…

— Mais je ne vais pas attendre avec vous, docteur. Vous devrez vous débrouiller tout seul comme un grand, sourit le Poulpe, carnassier.

Le conseil d'un ami inconnu lui revint en mémoire et il sortit un mouchoir de sa poche. Il essuya minutieusement ses empreintes sur le téléphone, le combiné puis sur la chaise. Roux l'observait avec inquiétude.

— Mais…

— Je vous conseille de ne pas leur apprendre qu'ils sont tombés dans un piège. Ils pourraient vous en tenir rigueur…

Gabriel ouvrit la porte. La secrétaire médicale, surprise dans la position de l'indiscrète, recula en sursautant. Gabriel fit un pas dans la salle d'attente et s'empara de *Voici.*

— Juste un emprunt, docteur, sourit Gabriel. J'étais un fan de Lady Di. À bientôt.

Une jeune patiente, brune, lui décocha un sourire discret et replongea dans *Libération.* Elle ressemblait terriblement à Sylvia.

19 avril, 9 h 25
*Trottoir parisien, 27, rue des Cloys, Paris 18e*

Freddy, agenouillé à deux pas d'une déjection canine grasse et molle, faisait mine de réparer l'arrivée d'essence de sa 750 depuis un bon quart d'heure, lorsque Sylvia poussa la porte vitrée de l'immeuble. Son journal lui échappa et tomba sur le sol. Elle le ramassa, le brossa du revers de la main et continua son chemin.

C'était le signe convenu. Freddy enfila son casque, fit tourner la clé, et monta en selle. Le Poulpe s'assit derrière lui au moment où un homme en loden quittait à son tour l'immeuble du cabinet médical. Lorsque, quelques minutes plus tôt, il s'était garé en double file et y avait pénétré, Freddy avait prédit :

— Je te parie que c'est lui. Tu as vu cette tronche de cake ? Ça t'a une de ces gueules de vigile…

L'homme marcha à grands pas vers sa voiture. Gabriel sourit : il tenait désormais à la main une chemise kraft, preuve que Roux avait dû lui fabriquer de toutes pièces un faux résultat d'analyses.

Quand la Safrane noire démarra, Gabriel nota mentalement le numéro, et souffla à Freddy :

— Voiture neuve, immatriculée dans le 51. C'est sûrement un véhicule de location d'une grande société, genre Hertz. Dans le 51, la vignette est la moins chère de France. Tous les loueurs s'immatriculent là-bas. On le suit. Reste loin derrière, ne te fais pas remarquer, mais ne le perds surtout pas.

— T'inquiète, fit Freddy, j'ai fait ça toute ma vie.

19 avril, 10 h 05
23, boulevard Arago, Paris 13e

La Safrane était toujours en double file, warnings allumés. Freddy jeta un rapide coup d'œil à l'intérieur et revint vers le Poulpe, qui téléphonait d'une cabine et recouvrait une page d'un petit carnet rouge d'une écriture serrée. Il y avait dans le regard du jeune homme une admiration non feinte pour ce grand type dégingandé, à l'allure désinvolte, au vrai courage physique.

L'admiration… C'était un sentiment nouveau, rassurant. Quand Gabriel ressortit de la cabine, Freddy lui sourit affectueusement, et fit mine d'applaudir :

— Gagné. C'est bien un véhicule Hertz.

— Non, c'est vrai ? rigola Gabriel.

— Je te jure. J'ai vu leur sigle sur le plastique des constats à l'amiable.

— Elle ne serait pas louée par Hertz Service Arago ? fit Gabriel en relisant ses notes. À une société de surveillance, qui serait le cabinet Latis ? Et le conducteur s'appellerait Bernard Fournel ? Né le 12 juin 1965.

— Ça alors, souffla Freddy, abasourdi. Comment tu sais tout ça ?

— Allô, mima le Poulpe, prenant l'accent cassoulet toulousain. Je suis l'officier de police Barsac, commissariat du 20e arrondissement. J'aurais voulu quelques renseignements…

Gabriel sourit, et reprit sans le moindre accent, en tout cas avec celui de Belleville :

— Et voilà le travail. Le conducteur avait commis un délit grave, et la fille m'a tout déballé.

— Pas mal. Quel délit ? se marra Freddy.

— Je n'avais pas le droit de le lui dire à elle, alors à toi…

— C'est fort, le coup du flic… fit Freddy en hochant la tête.

— Tu parles, Charles… Ça ne marche que si tu tombes sur un naïf, et encore, faut mettre le ton… En réalité, un poulet, ça téléphone rarement. Ça te convoque ou ça se déplace. Bon, tu as bien regardé qui habitait l'immeuble ? Les plaques ? L'interphone ? Il y a bien un cabinet Latis, non ?

— Au deuxième étage. On y va ?

— Non. On se rapproche des tueurs. Il faut commencer à être prudents. Oh, attends, regarde ça. Voilà notre bonhomme qui sort de nouveau. Et il a toujours le dossier de Roux sous le bras. Moteur, Freddy, on est repartis. Attends. Qu'est-ce qui se passe ?

L'homme ne reprenait pas la voiture. Il traversait le boulevard Arago d'un pas pressé quand son portable sonna. Il décrocha. L'échange fut bref et l'homme remonta à pas lents l'avenue des Gobelins vers la place d'Italie.

— Démarre, fit le Poulpe, on embraye, doucement.

Vingt mètres derrière, facile. Mais… Qu'est-ce qu'il fout, ce type ?

L'homme venait de déposer la chemise sur une poubelle verte et rebroussait chemin, sans hâte.

Freddy posa pied à terre.

— Tu crois qu'ils ont deviné que c'était un faux ? avança le garçon.

— C'est ça… soupira le Poulpe, ironique. Et au lieu de le jeter dans sa corbeille, il vient jusqu'ici pour que la Ville de Paris s'en occupe ? Il dépose le dossier sur la poubelle et pas dedans ? Tu plaisantes. Quelqu'un va venir le chercher. Tu roules doucement, tu ne retires pas ton casque, on se cloque dans la rue en face, au point mort, et je surveille. À mon avis, on en a pour une minute à peine. Regarde, qu'est-ce que je disais ?

Fournel venait à peine de passer le coin de la rue qu'une Mercedes gris acier s'arrêtait à hauteur de la poubelle. Un homme jeune sortit côté passager, jeta un coup d'œil autour de lui, et s'empara posément du dossier. Puis, sans même vérifier le contenu, il revint s'asseoir et la Mercedes démarra, remontant le boulevard vers la place d'Italie. La moto quitta le trottoir et suivit le mouvement.

19 avril, 11 heures
Tour Spring & Luther, La Défense

Le panneau de l'entrée du parking se souleva lentement vers le plafond, et, avant qu'il soit parvenu au bout de sa course, la Mercedes s'engouffra dans le parking privé. Freddy se résigna à interrompre la poursuite et s'arrêta discrètement à quelque vingt mètres de là. Quand la voiture s'enfonça dans la rampe et disparut à leurs yeux, Gabriel sauta de la moto, et s'élança vers le portail, qui commençait à s'abaisser. Au dernier moment, devant un Freddy stupéfié, il se jeta sur le bitume et roula sous le panneau, qui se referma juste derrière lui.

Les pneus de la Mercedes crissaient dans la descente et Gabriel tenta de ne pas se faire distancer. Parvenu au premier sous-sol, réservé à la société d'assurance suisse Spring & Luther, il tendit l'oreille : la voiture continuait de descendre. Au troisième sous-sol, elle obliqua rapidement dans l'une des allées, la remonta sur une trentaine de mètres et se gara près des ascenseurs sous une plaque de société, la SOVES. Une demi-douzaine d'autres Mercedes s'alignaient sous d'autres plaques de la même entreprise. Mêmes cylindrées, même gris acier, à l'exception de deux énormes limousines, de couleur noire. Toutes étaient garées proue en avant. La SOVES puait l'ordre et l'argent.

Au claquement des portières, Gabriel, hors d'haleine, s'accroupit derrière un pylône de béton et ôta enfin son casque. Les plaques vissées devant chaque place de parking évoquaient la haute technologie : HAS, Opus Systems, AdaNetwork… SOVES ne lui suggérait rien. Deux hommes attendaient l'ascenseur, dont celui qu'il avait vu récupérer le dossier. La coupe des costumes, certainement sur mesure, ne parvenait pas à camoufler un léger renflement à l'aine. Les holsters devaient être bien remplis.

Un son aigrelet résonna dans tout le parking. Le portable… Les deux hommes se tournèrent dans la direction du Poulpe. Ce dernier se redressa, résigné, les salua de loin, tout sourire, et se dirigea vers les ascenseurs avec une lenteur mesurée, tout en saisissant le portable dans sa poche.

— Jérôme, c'est toi ? fit la voix angoissée de Freddy.

— Allô, oui, bonjour, articula le Poulpe d'un ton égal, soulagé de constater que les deux gorilles ne semblaient ni s'étonner de sa présence ni lui porter le moindre intérêt.

— C'est toi, Jérôme ? répéta le garçon.

— Oui, évidemment, soupira le Poulpe.

— Qu'est-ce que tu fous, bordel ? Depuis que tu m'as planté, je poireaute en haut comme un con. Qu'est-ce que je dois faire, moi ?

L'ascenseur s'ouvrit et les deux hommes y pénétrèrent, s'adossant à l'arrière de la cabine.

— Allô, Jérôme, tu m'entends ? Je t'attends ici ou non ?

Gabriel fit mine de fouiller dans son blouson à la recherche d'un papier et adressa un signe aux deux hommes. L'un d'eux haussa les épaules, appuya sur un bouton, et la porte se referma.

— Bon Dieu, Freddy, lâcha Gabriel, furieux, tu ne peux pas rester cinq minutes sans nouvelles de moi ? Tu te gares et tu m'attends devant la sortie principale de la tour, au niveau parvis. J'arrive tout de suite.

— O.K. Mais… s'il y a deux sorties principales ?

— Tu m'attends à la plus principale des deux, fit le Poulpe, agacé, raccrochant.

Gabriel respira profondément et sortit son carnet. À tout hasard, il nota les immatriculations des véhicules SOVES et appela l'ascenseur. Une mauvaise surprise l'attendait : il n'avait accès qu'au rez-de-chaussée ou aux autres sous-sols. Parvenu au niveau zéro, dans le hall d'accueil, il dut vraiment déchanter. L'exploration s'arrêterait là : les portes des ascenseurs accédant aux étages se trouvaient au-delà de trois portillons à badges magnétiques bien gardés par deux vigiles. Tant de précautions expliquaient sans doute pourquoi il avait été si simple d'entrer dans ce parking.

Le Poulpe était pris dans un sas, qui rimait avec nasse. Il lui fallait un badge pour aller plus haut, et même, de toute évidence, pour quitter ce niveau, puisque la sortie se trouvait au-delà d'une seconde batterie de portillons. Il examina la demi-douzaine de gardiens et renonça à passer en force.

Gabriel profita d'une migration de jeunes cadres vers les sous-sols et descendit jusqu'au niveau –2. Là, il appela Freddy qui sembla comprendre comment décrocher au bout de cinq sonneries.

— Bon, changement de programme. On se retrouve devant la descente du parking. Je n'aime pas trop repartir par le même chemin, mais là, je vois mal comment l'éviter.

Résigné, Gabriel remonta lentement la rampe d'accès et patienta devant le panneau de tôle. Pas longtemps, car ce dernier se souleva cinq minutes plus tard pour laisser le passage à une grosse BMW. Gabriel quitta tranquillement son abri, avec un signe de la main complice au visage jeune et rubicond derrière le volant, de toute évidence choqué.

C'était quoi, déjà, la blague de Gérard, la différence entre une béhème et une hémorroïde ? Ah oui, sourit Gabriel quand la réponse lui revint, il n'y en a pas, tous les trous du cul finissent par en avoir.

19 avril, 12 heures
Brasserie-glacier L'Igloo, 91, rue Ordener, Paris 18e

— C'est con, pesta Freddy, j'ai raté l'extra ball.

— Le flipper, de toute façon, c'est l'arnaque, sourit le Poulpe. T'as pas remarqué ? Tu mets une pièce de cinq balles et t'as droit qu'à trois balles.

Il commanda une Leffe et s'étira. Dix kilomètres comme passager derrière Freddy l'avaient ankylosé.

Devant l'immeuble du cabinet médical, à cinquante mètres de là, les badauds s'attroupaient. Le Poulpe aperçut la chevelure brune de Sylvia, déléguée en mission sur place, et qui se frayait un passage dans la foule des curieux. Les deux infirmiers poussèrent une civière sur le trottoir. Le corps était entièrement couvert d'un drap blanc, laissant peu de doute sur l'état de santé du patient.

Gabriel songea soudain à Vieira et composa sur le portable le numéro de l'hôpital de Créteil. Au bout d'une minute à peine, la voix de Vieira, tonique et enjouée, retentit dans le combiné.

— 3615 Zorro-Jérôme-Gabriel ?

— Vous m'avez l'air en forme, docteur, sourit Gabriel. J'espère que vous avez deux minutes, parce que j'ai du nouveau.

Gabriel entreprit de raconter sa matinée par le menu, tentant de ne pas omettre le moindre détail. Il pressentait qu'il aurait besoin d'une assistance technique et que Vieira pouvait être l'homme de la situation. De temps à autre, Vieira lui faisait répéter le nom d'une société, préciser un détail, et marquait un temps.

— Vous prenez des notes, docteur ? ironisa le Poulpe, lorsqu'il eut fini.

— Rigolez, mon vieux, rigolez. Moi aussi, j'ai du nouveau. J'ai appelé Cheval dont je n'avais plus de nouvelles. L'affaire est classée, enterrée. Pas assez d'indices, d'après lui. Elle est excellente, non ?

— Pas tellement. Moi aussi j'en ai une bien bonne. Attendez une seconde…

Devant le cabinet médical, les infirmiers avaient refermé la porte de l'ambulance et l'antenne mobile du Samu s'éloignait, suivie par la camionnette de la police. L'attroupement se dispersa peu à peu, tandis qu'un fonctionnaire en uniforme restait en faction à l'entrée de l'immeuble. Sylvia traversa la rue en courant, pénétra dans la brasserie et vint s'asseoir face à Gabriel et Freddy.

— Alors ? demanda le Poulpe, orientant le portable vers Sylvia.

— Tu avais raison, c'était bien Roux, lâcha la jeune fille. Overdose d'héroïne. Sa secrétaire l'a retrouvé avec l'aiguille dans le bras à son retour, vers onze heures trente. Roux l'avait fait sortir quelques instants pour une course urgente.

— Vous avez entendu, Vieira ?

— Oui, oui, fit le légiste d'une voix atone.

— On a été bien inspirés de repasser devant le cabinet, fit Freddy.

Gabriel secoua la tête.

— On a surtout eu tort d'en bouger. Ceux qui ont liquidé Roux sont loin, maintenant.

— Parce que tu crois que… souffla le garçon.

— Je ne crois pas, j'en suis sûr, coupa le Poulpe. Un type comme Roux, médecin et plutôt sportif, qui se shooterait ou se suiciderait ? Ils ont dû le rappeler et lui promettre une rallonge pour son dossier médical. Cet abruti a éloigné la secrétaire avec un prétexte bidon, et ils lui ont réglé son compte à ce moment-là.

— Allô, Gabriel ? s'impatienta Vieira.

— Oui, je vous écoute.

— Vous avez demandé pour le tatouage ?

— Quel tatouage ?

— Icare, sur l'épaule gauche de Perek.

Gabriel se tourna vers Sylvia, répéta la question. Elle hocha la tête.

— Il avait bien un tatouage.

Vieira marqua une longue pause. Puis il reprit :

— Vous êtes sur un truc énorme, et j'ai mon idée pour avancer très vite. Je crois qu'elle va vous plaire. Retrouvons-nous au même endroit qu'hier, à quinze heures.

Gabriel acquiesça et Vieira raccrocha aussitôt.

— Tu crois que c'est le mec de Latis Sécurité qui a éliminé Roux ? suggéra Freddy.

— Laisse tomber. Ce n'était qu'un intermédiaire.

— Les types de la SOVES ?

— J'ai peut-être des idées toutes faites, mais je vois mal des tueurs s'embarrasser de bureaux à La Défense et de fiches de salaire… Les contrats, c'est plutôt un boulot d'indépendants. Mais la SOVES doit être au courant.

Gabriel souleva la tasse de café à ses lèvres et réfléchit tout haut.

— Ce qui m'ennuie le plus, c'est qu'ils soient capables d'éliminer un type en deux heures. C'est plus que du professionnalisme, c'est du grand art. Et puis, ils ont dû le cuisiner, notre petit Roux, avant de le piquer. Il a dû parler de nous.

— Merde alors, laissa tomber Freddy, qui n'y avait pas encore pensé.

— Il faut avertir la police, trancha Sylvia.

Gabriel demeura silencieux. Freddy les considéra l'un puis l'autre, indécis.

— Je répète qu'il faut avertir les flics, insista la jeune fille, haussant le ton. Vous n'avez pas l'air de vous rendre compte que ça devient vraiment dangereux. Vous ne pouvez pas lutter tout seuls en amateurs contre une organisation pareille.

— Mais attends, Sylvia, qu'est-ce qu'on leur raconterait ? fit Freddy timidement. On n'a pas une seule preuve, rien de sérieux qui tienne la route. Et puis, ajouta-t-il avec une fierté de gosse, avec ces méthodes d'amateur, comme tu dis, on a soulevé un lièvre qui ressemble à un éléphant, alors que la police n'en est nulle part…

— Ça, tu n'en sais rien, répliqua Sylvia.

Sylvia baissa la tête, furieuse. Lorsqu'elle la releva, ses yeux brillaient de larmes, et elle se tourna vers Freddy :

— Freddy, excuse-moi, mais tu es complètement inconscient, tu crois que tu joues au Club des Cinq. Mais ils ont flingué Roux. Il est mort, tu comprends, mort ! Tu n'es pas dans un de tes jeux de rôles à la con !

Elle hurlait presque et le silence se fit dans la brasserie. Le garçon s'approcha d'eux, la mine soucieuse. Gabriel saisit la main de la jeune fille et elle se calma un instant, surprise, avant de reprendre, presque à voix basse, au bord des larmes :

— Jérôme, je t'en supplie, il ne faut pas jouer avec ça. Je suis épuisée, je n'ai pas dormi de la nuit, et je meurs de trouille. Tout ce que vous allez gagner, c'est de vous faire descendre… Jérôme, tu ne vois pas qu'il faut prévenir la police ?

Gabriel tenait toujours la main de Sylvia dans la sienne. La jeune fille ne la retira pas. Il avoua, d'une voix lasse :

— Sylvia, la police a classé l'affaire. Pas au bout d'un mois d'enquête. Au bout de trois jours. Ça veut dire qu'il y a eu des pressions. Si tu vas déposer, ton nom va apparaître dans le dossier. Et là, tu seras vraiment en danger de mort. Tu peux comprendre ça ?

Elle resta un instant silencieuse, son menton se mit à trembler, et elle se laissa aller dans les bras du Poulpe, où elle demeura longuement, retenant ses sanglots. Il l'entoura de ses bras avec affection sous le regard approbateur, lui sembla-t-il, de Freddy.

19 avril, 14 h 50
Le Canon, place de la Nation, Paris 12ᵉ

Vieira était en avance. Son cigare éteint aux lèvres, assis au fond de la salle, le légiste lisait le *Herald.* Dès qu'il aperçut Gabriel, il agita vigoureusement les bras en signe de bienvenue. Quand le Poulpe fut assis, Vieira ouvrit la sacoche de cuir posée sur la banquette et en extirpa quelques feuilles imprimées.

— Isabelle est une femme irremplaçable. Voici quelques informations sur la SOVES, collectées sur un serveur économique. Je vous les donne en vrac. Société anonyme, je passe sur le capital…

— S'il vous plaît…

— Le directeur s'appelle Paul Frossard. Filiale à 100 % d'un holding financier suisse, la H.D. Investment. Dont le capital est lui-même réparti entre plusieurs sociétés, majoritairement américaines, mais aussi japonaises ou européennes. Activité déclarée : systèmes de sécurité et services de protection.

Gabriel parcourut rapidement le dossier et le rendit à Vieira.

— Les principaux clients ne sont pas référencés ?

— Non. Elle ne compte officiellement qu'une

dizaine d'employés, et son chiffre d'affaires est très important. Elle doit fonctionner par abonnement pour des sociétés dont elle est filiale. Ça expliquerait pourquoi si peu d'argent circule.

— On n'est pas plus avancés pour autant.

— C'est là qu'intervient le miracle de la chimie, sourit Vieira en entrouvrant son sac et en le penchant vers Gabriel.

La sacoche contenait des dizaines de petites fioles, bien bouchées et rangées à la verticale dans des protections cartonnées.

— Je ne comprends pas…

— Alors voyons, voyons… Ici, des amphétamines, du type MDMA, très efficaces, je vous les conseille, quelques benzodiazépines, genre Valium, du THC, c'est un cannabinoïde, là, de la phencyclidine, plus connue sous le nom de poussière d'ange, du Penthotal, et pour finir, le fin du fin, un dérivé du flunitrazépam, un amnésiant d'enfer. J'ai aussi ça, ajouta Vieira en désignant, à côté d'une bombe à gaz paralysant, un pistolet à injection. Ça ne shoote qu'à bout portant, mais c'est très efficace.

— Je suis impressionné, sourit Gabriel. Vous voulez faire quoi avec cette pharmacie ambulante, Herr Doktor Mengele ?

Vieira grimaça un rictus sans joie.

— Ha ha ha. Faire parler des gens. Je suis contre la torture, pas vous ? Avec ma pharmacie, comme vous dites, je ferais causer un mort.

Le légiste referma sa sacoche avec précaution. Il la posa sur la banquette à côté de lui et se tourna vers le Poulpe, le fixant avec intensité.

— J'ai une anecdote à vous confier, toute récente… Ce matin même, vers sept heures trente, j'ai failli me faire accrocher sur l'autoroute par une voiture. Elle a remonté deux files sur la droite et s'est rabattue sur moi qui roulais sur la file de gauche. Je l'ai aperçue juste à temps. Si je n'avais pas accéléré comme un dingue pour l'éviter, j'étais bon pour me payer la glissière. À cent cinquante, ce genre de fantaisie ne pardonne pas.

— Vous avez l'air en colère, fit Gabriel, amusé mais soucieux.

— Un peu, oui, un peu. Je n'ai pas regretté d'avoir acheté un gros cube. Bref, tout ceci m'a déplu, d'autant que je n'ai plus revu la voiture, qui a dû prendre la fuite. Quand vous m'avez appris l'overdose de ce médecin, j'ai repensé à l'incident, et j'ai désormais la très nette impression qu'on a tout fait pour m'accrocher. Je me suis fait remplacer six heures avant la fin théorique de mon service, et je suis sorti en moto par le portail des ambulances, au lieu d'emprunter celui du parking. Il m'avait semblé repérer le même genre de caisse sur un trottoir, un peu en aval du boulevard.

— C'est fort possible, réfléchit tout haut Gabriel.

— C'est ce que je me suis dit. Alors, je suis assez pressé de résoudre cette affaire, voyez-vous… Et puisque c'est la guerre, je ne me sépare pas de mes biscuits.

— Fort bien. Puisque vous êtes dans d'aussi bonnes dispositions, permettez-moi de vous présenter notre armée.

Gabriel eut un geste vers Freddy et Sylvia, assis

à une table voisine. Ils s'approchèrent. Vieira posa sur les deux jeunes gens un regard étonné, mais bienveillant. Gabriel fit les présentations. Le légiste serra les mains tendues en souriant.

— Fameuse équipe, Gabriel… apprécia-t-il en connaisseur.

— Gabriel ? lâchèrent en chœur Sylvia et Freddy, bouche bée.

Ils contemplèrent le Poulpe avec une suspicion toute nouvelle.

— Euh… oui, avoua le Poulpe, embarrassé. C'est mon deuxième prénom… Enfin, c'est même plutôt mon prénom tout court. Je suis désolé, j'aurais dû vous l'avouer il y a longtemps. Je me sens toujours plus en sécurité sous un autre nom.

Un silence pesant s'installa. Il revint à l'esprit du Poulpe une lettre émouvante de Jean-Baptiste Botul à Zweig. Adolescent, Botul, afin de séduire une jeune fille, s'était inventé un faux patronyme, celui de Giovanni Calvino. Le philosophe s'en expliquait ainsi : *« Ne va pas croire pourtant que je m'étais fabriqué un personnage d'aventurier. Non, je parlais très peu de moi. Eussé-je gardé mon véritable nom que j'aurais voulu m'embellir. Ce Giovanni Calvino qui m'habitait était plus silencieux que moi. Cela va te paraître étrange, mon cher Stefan, mais durant ces quelques semaines où j'ai vécu sous mon faux nom, je crois que j'étais vraiment moi. »*

— Je vous le répète : je suis désolé… reprit le Poulpe, faisant acte de contrition.

— La confiance règne… fit Freddy, dont l'amour-propre avait été moins blessé que l'amitié écorchée.

— Vous formalisez pas, les enfants, rigola Vieira, bonhomme, moi aussi, j'ai eu droit à mon Jérôme Le Prieur.

— Ouais… Qui dit que dans trois minutes tu ne t'appelleras pas Maurice ? soupira Freddy.

— Fais pas la tête, sourit Sylvia, sans rancune. Le Jérôme n'était pas trop mal. On va voir ce que vaut le Gabriel.

Le médecin se racla la gorge et se leva d'un air décidé :

— Bon, on y va ?

— On vous suit, fit le Poulpe, souriant. C'est une méthode de travail nouvelle pour moi. J'aime bien l'innovation. Vous avez un plan ?

— Aucun. Ça vous dérange ?

— Pas du tout. L'improvisation, ça me stimule.

19 avril, 16 h 30
Station Total, boulevard circulaire de La Défense

La Mercedes s'arrêta devant la pompe « Essence sans plomb ». Le conducteur en sortit et entreprit de faire le plein. Deux motos, qui suivaient à distance, s'arrêtèrent à quelques mètres derrière elle. Elles l'avaient prise en filature dès la sortie du garage de la tour Spring & Luther. Une chance : le premier véhicule de la SOVES à en être sorti avait été l'une des limousines noires, et il apparaissait que le conducteur était seul.

— C'est le moment ou jamais, souffla Vieira en tendant la bombe paralysante et le pistolet intradermique au Poulpe. Gabriel, à vous de jouer. Il faut aller très vite. Envoyez une bouffée de bombe, dans le sens du vent, et tapez aussitôt dans le gras de la cuisse, ou le bras. C'est du Diprivan. Il devrait être paralysé durant une petite minute. J'arriverai aussitôt. Retenez-le dans sa chute, qu'il ne se blesse pas. Vous, Sylvia, retenez l'attention du caissier.

— Surtout pas, fit Gabriel. Il ne faut pas entrer dans la boutique. Il y a sûrement une caméra de surveillance. Freddy, occupe-toi plutôt du mécanicien.

Freddy opina et se dirigea vers l'atelier, casque à la main, tandis que, le pistolet à injection dissimulé dans le casque, le Poulpe, après s'être assuré que le caissier regardait ailleurs et qu'aucun véhicule n'entrait dans la station, s'approchait de sa victime potentielle. Au moment où ce dernier finissait d'emplir le réservoir, il lui appliqua le pistolet sur la cuisse et appuya sur la détente. L'homme grimaça de douleur, Quelques secondes plus tard, Sylvia hurlait à la cantonade :

— Au secours, vite, il y a un type qui tombe dans les pommes !

Le mécanicien accourut, bientôt suivi du caissier.

— Laissez-moi voir, je suis médecin, lança Vieira.

Le légiste s'avança vivement et examina l'homme étendu sur le sol, les yeux exorbités et agité de spasmes. Vieira se tourna vers le caissier.

— Vous, passez-moi ma sacoche, vite. Dans le coffre de la moto, là.

L'employé, impressionné, s'exécuta. Vieira en extirpa un stéthoscope, et fit mine d'ausculter l'homme à terre. Les pupilles étaient dilatées et la respiration saccadée.

Vieira plongea dans son sac et en sortit une seringue et un flacon. Avec professionnalisme, il en injecta le contenu dans l'avant-bras de l'homme, qui cessa de trembler et sembla s'assoupir. Le médecin sourit aux deux employés, qui l'observaient avec anxiété.

— Vous croyez qu'il va mourir, monsieur ? demanda la jeune fille, avec un accent de désespoir sincère.

— Mais non, ne vous en faites pas, mademoiselle.

Vieira, d'un geste sûr, souleva la paupière de l'homme, et mesura son pouls.

— Notre homme l'a échappé belle, mais il n'est pas encore hors de danger. Il faut qu'il reçoive des soins au plus vite.

Vieira jeta un coup d'œil à sa montre. Puis il ouvrit son portefeuille, en sortit une carte professionnelle qu'il tendit au caissier, après y avoir inscrit un numéro de téléphone :

— Je ne prends pas le risque d'attendre le Samu. Vous allez appeler ce numéro au plus vite. C'est l'hôpital de Nanterre : prévenez que j'arrive dans quelques minutes aux urgences avec un patient. Que tout le monde se tienne prêt au bloc de réanimation. Ah, j'allais oublier…

Vieira observa les voyants lumineux de la pompe. Il fouilla dans la poche et fourra avec autorité un billet de deux cents francs dans la main du caissier.

— J'insiste. Il n'y a pas de raison pour que vous y soyez de votre poche.

Le caissier hocha la tête, reconnaissant, tandis que Vieira s'emparait des clés de la Mercedes.

— Avant de partir, aidez-moi à l'installer à l'arrière.

Le mécanicien et le caissier soulevèrent l'homme inconscient et le calèrent sur la banquette, puis refermèrent la porte avec précaution. Vieira s'installa à l'avant et tourna la clé de contact. Avant de démarrer, il insista :

— N'oubliez pas d'appeler l'hôpital.

Le caissier acquiesça et retourna vers la boutique avec hâte. La Mercedes quitta le garage, suivie des deux motos.

À peine eurent-elles disparu à sa vue que le caissier, soudain épouvanté, songea qu'il venait peut-être d'être le témoin et complice d'un vol de voiture ou d'un enlèvement particulièrement habile. Et qu'il n'avait pas un instant eu la présence d'esprit de relever la moindre immatriculation. Rongé d'inquiétude, il appela le numéro fourni par Vieira. La standardiste de l'hôpital de Nanterre décrocha immédiatement, confirma qu'elle prévenait les urgences et la réanimation. Les internes de garde attendraient le docteur Blavier et son patient.

Soulagé, l'employé raccrocha, se disant, à la réflexion, qu'aucun kidnappeur n'aurait su par cœur le numéro de l'hôpital de Nanterre.

19 avril, 16 h 50
Un terrain vague, face au 13, rue de Caen, Puteaux

— M'appelle Paul Frossard, répéta pour la seconde fois le quadragénaire en sueur sur la banquette arrière.

L'homme était une force de la nature, un athlète accompli sans doute, mais la seconde piqûre de Vieira semblait lui avoir ôté toute énergie.

— On le saura qu'il s'appelle Paul Frossard, persifla Freddy, assis sur le siège avant, le magnétophone à la main.

Gabriel jeta un regard furieux au garçon, tandis que Vieira vérifiait de nouveau le pouls du directeur de la SOVES : cent pulsations/minute. Le légiste se tourna vers Gabriel : l'homme était prêt. Le Poulpe engagea l'interrogatoire, articulant patiemment une seconde question.

— Monsieur Frossard, reprit Gabriel, combien de personnes travaillent pour votre entreprise ?

— Sais pas. Quarantaine.

— Quelle est l'activité précise de la SOVES ?

— Protection abonnés. Protection rapprochée.

— Quels abonnés ? Vous souvenez-vous de leurs noms ?

— Oui. Souviens noms.

Gabriel leva les yeux au ciel, serra les poings d'agacement et reprit :

— Pouvez-vous me les citer ?

— M. Mathews, M. Chapman, M. Pastior, M…

Le Poulpe l'interrompit.

— Pouvez-vous nous donner également leur prénom, et la compagnie pour laquelle ils travaillent ?

Le directeur de la SOVES obéit et énuméra les noms, de consonance anglo-saxonne, allemande, japonaise, et même russe. Le Poulpe n'en reconnut aucun, sinon, peut-être, celui de Peter Chapman, le médiatique président d'une société informatique. Richissime.

— Avez-vous d'autres clients ?

— Non.

Freddy s'agita sur son siège :

— Merde, c'est dingue. Les neuf dixièmes d'entre eux habitent hors de France. Ils ne peuvent pas entretenir un dispositif pareil pour si peu de personnes.

Vieira examina les pupilles de Frossard. Il parut rassuré et se tourna vers le Poulpe.

— C'est bien, Gabriel, souffla Vieira. Ne perdons plus de temps. On peut aborder des questions plus précises.

Gabriel acquiesça et reprit :

— Monsieur Frossard, connaissiez-vous Philippe Perek ?

— Oui.

— Avez-vous enlevé Philippe Perek ? reprit le Poulpe.

— Pas enlevé. Protection.

— Vous assuriez la protection de Perek ? lâcha le Poulpe, étonné.

— Oui. Protection. Surveillance. Pas de contact.

— Pourquoi le surveilliez-vous ?

— Instructions.

— Quelles instructions ?

— John Dory. Instructions.

— Qui est John Dory, quelles sont ces instructions ?

L'homme dodelina, les yeux dans le vague, comme ivre. Vieira grimaça.

— Pas comme ça, Gabriel, vous n'arriverez à rien. Il ne peut répondre qu'à des questions très délimitées. Et une seule à la fois.

— Qui est John Dory ?

— Un serveur. Poisson.

Le Poulpe écarquilla les yeux.

— Quoi, quel serveur, quel poisson ? C'est un restaurant ?

— Un serveur. John Dory, répéta Frossard.

— O.K… Qu'avez-vous fait du dossier médical de Perek ?

— Transmis. John Dory. Transmis.

Exaspéré, Gabriel se tourna vers Vieira et soupira :

— Bon Dieu, mais on va y passer des plombes…

— Gabriel, ne vous acharnez pas. Il va se bloquer sur cette réponse. C'est classique. Posez d'autres questions. Allez ailleurs. Nous y reviendrons dans quelques minutes.

L'homme se balançait de gauche à droite, comme ivre. Un peu de salive s'écoulait de ses lèvres. Vieira lui essuya la bouche, au moment où Sylvia pénétrait dans la voiture, une valisette renforcée Samsonite dans les bras.

— Tiens, par exemple, demande le code de cette

mallette que je viens de dénicher dans le coffre… suggéra Sylvia.

Le Poulpe s'exécuta.

— Trois-cinq-zéro-neuf.

Sylvia fit rouler les disques de cuivre sous ses doigts. Elle repoussa la barrette et débloqua le verrou. La valisette s'entrouvrit.

— Oh, putain… résuma Freddy.

La valise était bourrée de billets de deux cents francs neufs. Le Poulpe estima la somme à quelque deux cent mille francs et referma la mallette.

— À qui cet argent est-il destiné ? demanda le Poulpe.

— Kroug.

— Qui est ce Kroug ?

— Contractant.

— Contractant ? Que fait-il pour vous ?

— Exécute instructions.

Gabriel eut une illumination :

— C'est Kroug qui a tué Roux ?

— Sais pas.

— Où avez-vous rendez-vous pour verser l'argent ?

— Sais pas.

Le légiste eut une grimace d'impuissance. Gabriel se résigna et formula une autre question :

— Quelles autres instructions avez-vous reçues au cours de la dernière semaine ?

— Médecins. Convoyer médecins.

— Combien de médecins ?

— Dix, douze…

— Vous souvenez-vous de leurs noms ?

— Souviens… Pas tous… Docteur Lister, docteur Morton, docteur Halsted, docteur Nightingale.

— Des Américains ?

— Sais pas.

Vieira secoua la tête. Le médecin soupira :

— Je suis désolé, Gabriel, ces noms m'évoquent bien quelque chose, mais je ne sais pas d'où…

Il dosa dans le piston un cocktail THC-sodium-Penthotal et l'injecta lentement dans le bras de Frossard. Cent vingt pulsations/minute. La respiration de Frossard devint plus rauque.

— Qu'y a-t-il dans le dossier médical de Perek ?

— Sais pas.

— Comment l'avez-vous transmis ?

— Téléchargé.

— John Dory, c'est un serveur Internet ! s'écria Freddy. C'est sûrement un site du net !

D'un geste, Sylvia lui intima le silence. Mais le Poulpe reprit la suggestion.

— John Dory est-il un site Internet ?

— Oui. Internet. Fatigué… Suis fatigué… murmura Frossard.

— Un mot de passe ! Demande s'il y a un mot de passe ! jubila Freddy.

— Calme-toi, Freddy… Quel est le mot de passe pour accéder à ce site ?

— N2O1946.

Gabriel nota le numéro sur son carnet.

— Gabriel ! coupa Vieira, surexcité. Que je suis con ! C'est évident !

— Quoi ?

— Ils ont de l'humour, ces gens-là… Et sûrs d'eux, avec ça… N2O1946 : N2O, c'est le protoxyde d'azote ! 1946, c'est l'année de la première opération sous anesthésie au protoxyde d'azote. Et quel est le médecin qui a pratiqué cette opération ? Morton ! Tous les étudiants en médecine le savent. Les noms que vient de citer ce type sont ceux des pères fondateurs de la chirurgie. Lister a inventé la chambre à bulle, Halsted le gant de caoutchouc stérilisable, j'ai oublié la date, et Nightingale, c'est la fondatrice des écoles d'infirmières. Ce sont des noms de code, des pseudos ! Il faut absolument savoir qui sont ces médecins ! Insistez, Gabriel, ils ont sûrement un rapport direct avec ce qu'il est advenu de Perek…

— Monsieur Frossard, reprit le Poulpe, où avez-vous chargé ces médecins ? enchaîna le Poulpe.

— Hôtel Concorde-Lafayette.

— Quel jour était-ce ?

— Le 11 avril.

— Vous voyez, vous voyez, le jour même de la disparition de Perek ! s'enflamma le légiste.

— Et où vos hommes les ont-ils conduits ?

— Pavillon. Bois de Boulogne.

— L'adresse, monsieur Frossard, quelle était l'adresse ?

— 16, route du Champ-d'Entraînement.

Frossard entrouvrit la bouche et bâilla. Gabriel se tourna vers Vieira, qui fronçait les sourcils.

— Poursuivez, Gabriel, pressa Vieira. Il faut le maintenir en activité psychique.

— Monsieur Frossard, quand ces médecins ont-ils quitté le pavillon ?

— 15 avril.

— Le 15 avril ? répéta le Poulpe, stupéfait. Ils sont restés cinq jours ?

— Oui.

— Ces médecins ont-ils effectué une opération dans le pavillon ?

— Sais pas.

— Vous ne savez pas ? Mais qu'ont fait vos hommes pendant ce temps ?

— Sur… surveillance.

— Ils assuraient la surveillance jour et nuit ?

— Oui. Jour… jour et nuit… Fatigué…

Une sonnerie envahit le véhicule. Elle était ténue, mais la tension était telle que tous sursautèrent. Sylvia ouvrit la console en loupe d'orme qui faisait face à la banquette arrière et révéla l'écran d'un ordinateur portable, une imprimante à jet d'encre, et le combiné téléphonique. Ils fixèrent l'appareil avec intensité, comme une couvée de souris devant un crotale.

— On décroche ? souffla Freddy.

— Oui, trancha le Poulpe, joignant le geste à la parole.

Il laissa le correspondant parler le premier.

— Colonel ?

La voix était masculine, la diction militaire.

— Oui ?

— La Coupole à vingt heures. L'entrevue est confirmée.

L'homme garda le silence, Gabriel devina qu'il attendait une réponse. Il hasarda :

— Parfait. Quoi d'autre ?

Au bout du fil, la voix marqua une hésitation. Puis, l'homme reprit, vivement :

— C'est vous, colonel ? Identifiez-vous.

— Ici, le colonel Frossard, tenta Gabriel, d'une voix ferme, furieux d'avoir été aussi vite percé à jour.

— Qui est à l'appareil ?

Ce n'était plus la peine de ruser. Gabriel reposa le combiné avec une moue d'intense mécontentement.

— T'as la mine de celui qui vient de claquer la porte en oubliant ses clés à l'intérieur, sourit Sylvia.

Gabriel ne répondit pas et referma la console. Le téléphone sonna de nouveau, longuement, dans un silence pesant, puis se tut. Les yeux de Frossard papillonnaient. Sa tête oscillait d'avant en arrière. Vieira essuya de nouveau le front et la lèvre inférieure de l'homme.

— On n'en a plus pour longtemps, fit le légiste. Il ne va pas tarder à s'endormir. Je ne peux pas augmenter indéfiniment les doses…

Gabriel se tourna vers Frossard, dont les yeux paraissaient lentement s'éteindre.

— Monsieur Frossard, avec qui est prévue l'entrevue, ce soir à La Coupole ?

— Professeur Lister.

— Dans quel but ?

— Informations. Révéler source. Dormir… Fatigué…

— Vous allez bientôt dormir. Quelles informations, quelle source ?

Le directeur de la SOVES laissa tomber sa tête

sur sa poitrine, inconscient. Vieira l'allongea sur le côté, et reboutonna la manche de sa veste. L'homme se mit aussitôt à ronfler.

— Je suis désolé, mais c'est fini. On n'en tirera plus rien. Je vais lui faire une dernière injection. De l'Hypnovel. C'est un amnésiant très efficace. Il devrait dormir quelques heures et ne se souvenir de rien…

Sylvia tapota l'ordinateur :

— Maintenant qu'on a le code d'accès, on pourrait dire coucou à John Dory, non ? En plus, à mon avis, on ne peut le faire que d'ici. À coup sûr, le site est invisible sur le réseau, comme n'importe quel site d'entreprise. Et même s'il ne l'était pas, il saisit l'adresse IP de celui qui se connecte. Ce serait très imprudent…

— L'adresse IP ? fit Freddy, bouche bée.

— La référence précise de ton ordinateur sur le net. C'est comme si tu leur filais ton nom.

— Mince alors, tu t'y connais vachement…

Sans répondre, la jeune fille posa l'ordinateur sur ses genoux et l'alluma.

Gabriel hocha la tête et se pencha vers l'écran. L'affaire se présentait plutôt bien : le portable s'était automatiquement connecté. La page d'accueil apparaissait. « The John Dory Society », avec, en illustration, un poisson à l'œil rond, à qui l'arête dorsale à l'iroquoise donnait une allure punk. Gabriel l'observa avec un léger malaise, peut-être en raison de son expression bizarrement humaine, peut-être aussi à cause d'une inexplicable impression de déjà-vu.

Sylvia pianota sur le clavier.

— Tout va bien, nous sommes identifiés et reconnus, murmura-t-elle. Le serveur m'a demandé mon code. N-2-O-1-9-4-6. Sésame, ouvre-toi.

L'image du poisson s'effaça pour laisser place à un écran divisé en quatre.

— Dis donc, c'est rudimentaire. Il n'y a qu'une boîte aux lettres et un dispositif de courrier électronique. Je n'ai accès qu'au dernier message.

Sylvia frappa quelques touches, et obtint la réponse : « *Request error. Press Enter to read your mail.* » Au second essai, le texte devint : « *Caution. Second request error. You will be disconnected. Press Enter to read your mail.* » La jeune fille, résignée, tapa sur la touche exigée :

— Bon, j'abandonne, je ne suis pas un hacker, je ne saurai jamais pénétrer ce système. Bon, j'ouvre la boîte… Ah, il y a un fichier joint. Je le télécharge. Qu'est-ce que c'est que ce charabia ?

Gabriel lut par-dessus son épaule. L'ordinateur alignait quatre lignes :

Latis 30 u

Neutralisation positive IBC

Lescure 130 u

Circé en attente. Confirmation à venir.

Sylvia alluma l'imprimante et commanda l'impression. À l'instant où elle débutait, le serveur mettait fin à la communication et interrompait le téléchargement. La feuille s'imprima pourtant jusqu'au bout.

— Ils ont dû être avertis. Je viens de me faire cracher.

Elle tenta de nouveau de se connecter, mais en vain. Elle se résigna.

— C'est fini. Nous ne sommes plus dans la liste des autorisations. On peut toujours emporter l'ordinateur pour lui extirper ce que son disque dur a encore à dire. Voyons s'il y a une sacoche de transport…

Elle ouvrit la boîte à gants.

— Gabriel…

Sylvia désignait une boîte noire, sur laquelle étaient écrites les trois lettres GPS. Un petit voyant rouge clignotait. Il y avait aussi un Beretta. Gabriel l'empocha, sous le regard réprobateur de Vieira.

— Il faut décoller d'ici tout de suite, décréta Sylvia. C'est un système de positionnement par satellite. Mon père a le même dispositif sur son taxi. Ils savent à tout instant où se trouve cette caisse, à cinquante mètres près.

— Tu as raison, fit le Poulpe en pliant le texte imprimé dans sa poche. On efface les empreintes, et le légiste et moi allons faire un petit tour au bois de Boulogne… Sylvia et toi, vous essayez de tirer le maximum de l'ordinateur. On s'appelle.

— Le fric, on le laisse là ? demanda Freddy, vaguement anxieux.

— Je le prends. Ça attestera l'idée du rapt crapuleux, conclut Gabriel sans conviction.

— Ouais, ouais, c'est plausible… ricana Vieira.

Des crapules qui travaillent au sodium-Penthotal et qui surfent sur le web, ça devrait les fasciner. On vit une époque formidable.

19 avril, 17h30
16, route du Champ-d'Entraînement,
bois de Boulogne

La bâtisse apparaissait derrière de hautes grilles. C'était un ancien pavillon de chasse à deux étages, plutôt spacieux. Un petit bois de marronniers l'abritait du bruit et du vent, et sans doute aussi, en été, des ardeurs du soleil. La route qui y menait était goudronnée, bien entretenue, et aboutissait à une pente douce, puis à une grande porte coulissante dans le sous-sol du bâtiment. Les volets de fer étaient baissés, mais le parking, face à l'escalier principal, accueillait trois Land Rover. Un homme en rangers et treillis, la trentaine, cheveux ras à la légionnaire, était adossé à l'une d'elles et fumait une cigarette.

Un second homme sortit du pavillon, dans la même tenue vestimentaire. Il cria un ordre bref et rentra aussitôt. L'autre écrasa sa cigarette et courut se poster en haut des marches du pavillon.

Gabriel, abrité derrière la grille, recula. Il enfila son casque et rangea dans son blouson le téléphone portable que Vieira lui rendait.

— Qu'est-ce qu'on fait ? murmura le légiste. Vous n'allez tout de même pas tenter d'entrer en force ?

— Non, nous ne sommes pas vraiment équipés. Comment va Isa, notre belle infirmière ?

— Bien, je vous remercie. Grande nouvelle : Gorge Profonde, comme vous dites, a appelé. Vers quinze heures. Il a fixé un rendez-vous.

— Où, quand ?

— La Coupole, vingt heures… Vous voyez à quoi je pense ? Le professeur Lister…

— Je vois… Ça nous laisse un peu de temps…

— Dites-moi, Gabriel, tout ceci pue le traquenard à plein nez et je nous sens quelque peu légers. Ça ne vous ennuie pas qu'on appelle un peu d'aide ?

— Certes, certes, fit le Poulpe en tendant le portable au médecin. Vous songez à SOS légiste ?

— Foutez-vous de moi, ricana Vieira. J'ai mieux que ça. Mais je n'ai pas appelé depuis cinq ans. Il n'y a plus qu'à espérer que celui auquel je pense n'a pas déménagé et qu'il sera là.

Le légiste sortit un carnet de sa poche, le feuilleta un instant, parut réfléchir à la lecture du numéro avant de le composer sur le portable.

— Arnaud ?

— …

— Arnaud, c'est Vieira.

— …

Le légiste leva les yeux au ciel et répéta :

— Vieira. Melba. Les macchabées, tu sais…

— …

— Oui, je sais. Ça fait longtemps.

— …

— J'ai des ennuis. Est-ce que tu pourrais…

— …

— Vers Montparnasse.

— …

— Très sérieux…

Le Poulpe eut l'impression d'un long silence, que l'autre, au bout du fil, pesait le pour et le contre. Mais le visage de Vieira s'éclaira.

— Oui, c'est ça, viens bien habillé.

— …

— Comment, demain, dix heures moins le quart ? Tu déconnes, je t'ai dit maintenant…

Vieira se fendit d'un large sourire. Il hocha la tête :

— O.K., O.K. Demain, dix heures moins le quart, à l'arrêt de bus devant le Sélect.

Vieira raccrocha, un sourire ironique aux lèvres :

— Ça marche. On a rendez-vous tout à l'heure à huit heures moins le quart.

— Dites-moi, Vieira, sourit le Poulpe, « Melba », « jour moins un, heures moins deux »… Tout ceci fleure bon la clandestinité et le vieux trotskiste repenti, n'est-ce pas ?

— Question clandestinité, vous pouvez parler, Jérôme-Gabriel… Et puis repenti, repenti… poursuivit le légiste, comme pour lui-même. Disons que j'ai de beaux restes.

19 avril, 18 h 15
Bar Le Select, boulevard du Montparnasse, Paris 6e

Sylvia avait refermé l'ordinateur et étalé devant

elle des dizaines de feuillets, couverts de textes ou de photographies. Elle avait bu deux cafés, parlait vite.

— Bon, je résume : en dehors du système et des applications, le disque dur était presque vide. Frossard ne jetait rien dans la corbeille. Pour éliminer les fichiers, il utilisait un soft de destruction des données : impossible de récupérer le moindre bout de document effacé. Il y a aussi un fichier assez lourd, genre trois ou quatre mégaoctets, mais crypté avec un logiciel sophistiqué, Pretty Good Privacy.

— On ne pourrait pas essayer de trouver le mot de passe ? fit Vieira, naïvement.

— N'y comptez pas… La mafia utilise PGP pour ses connexions et ses transactions, et même la CIA n'arrive pas à percer le code. J'ai tout de même imprimé tout ce que j'ai pu ouvrir. Des ordres de virements entre banques. Regardez les adresses : les Bahamas, Gibraltar, Monaco. Que des paradis fiscaux. Et les montants ne sont pas mal… Il n'y en a pas un en dessous du million de dollars. Pour le seul mois de février, il y en a pour au moins cinquante millions de dollars. J'ai aussi imprimé quelques images : des photographies.

Gabriel examina rapidement les premiers tirages. Elles semblaient avoir été prises lors de conventions ou de congrès. Deux hommes d'une quarantaine d'années, un autre plus âgé. Il n'en reconnaissait aucun, mais Vieira posa un doigt sur un visage :

— Celui-là, c'est Rosenstiehl. Un neurochirurgien canadien. Réputation mondiale…

— Le document se trouvait dans un dossier

Morton, assura Sylvia. Attends, Morton, c'est un des noms cités par Frossard, non ?

Le Poulpe hocha la tête pensivement.

— Il y a autre chose… ajouta Sylvia. Vous vous souvenez que le téléchargement d'un fichier a été interrompu ? Impossible de l'ouvrir. Mais il existe des outils pour lire les ressources du fichier octet après octet. Je n'en ai pas lourd, et je n'ai pas eu le temps de mettre ça en forme, mais c'est éloquent…

La jeune fille étala sur la table deux feuilles de papier. Le texte s'alignait en une interminable colonne de lignes de seize caractères qui commençait ainsi :

///1). 22. avril. au
plus. tard — ann
uler. l//urveil//
/ophie. Beaucaste
.. Remonter. infos
.médicales, au. pl
us. vit//ersement
.Schmidt. en. cour
s..100.u.avant. f
in. avril.. 2)22.m
ars. ///ro//éder.
à. l'effacement. t
otal. du. dossier.
Perek.. Vérifier.
origin//u. contac
t. de. Vieir//Neut
ralisat. source. Ti

Sylvia avait entouré au Stabilo quelques bribes de mots. *« Perek »*, *« Vieira »,* plus loin *« Rech. Pascaux », « Rech. Saglio ».* Freddy fixait les lignes fluorescentes, blanc comme un suaire.

— Pascaux, Saglio ? demanda le Poulpe.

— Frédéric Pascaux, Sylvia Saglio... précisa laconiquement la jeune fille.

— Je vais vous avouer un truc, Gabriel, fit Vieira. Je vis très mal certaines formulations, comme « Effacement total du dossier Perek ».

— Et qui est Sophie Beaucaste ?

— Aucune idée. Il y en a trois dans le bottin, rien qu'à Paris.

Le Poulpe palpa dans sa poche l'acier froid du Beretta.

— Bien... Il n'y a plus qu'à attendre l'arrivée de SOS légiste...

19 avril, 19 h 15
Bar Le Select, boulevard du Montparnasse, Paris 6e

Deux motos d'abord, puis une troisième, escaladèrent le trottoir et s'alignèrent côte à côte, guidon tourné vers la chaussée. Le dénommé Arnaud était ponctuel, et accompagné de trois amis.

Vieira accueillit les motards, rayonnant, main tendue :

— Quatre mecs motorisés, avec une demi-heure d'avance, bravo l'orga.

Les quatre hommes retirèrent leurs casques et Vieira rougit jusqu'aux oreilles, regrettant de ne pas s'être mangé la langue : le plus grand était une femme, blonde, bouclée et jolie comme un cœur. Arnaud embrassa le légiste, affectueusement. Vieira paraissait ému, comme s'il retrouvait sa famille après une trop longue absence, ou peut-être simplement, songea le Poulpe, sa jeunesse. D'ailleurs, il semblait déjà dix ans de moins.

Il s'empressa de faire les présentations : Louisa, Fabien, Étienne. Gabriel serra les mains. L'un des motards plissa les yeux en le dévisageant :

— Nanterre ? Il y a dix, douze ans ? Amateur de Polikarpov et défenseur de Kronstadt ?

— Bonne mémoire, et physionomiste avec ça… concéda Gabriel. Ligue communiste ?

— Tss, tss, sourit Arnaud. Ne parlons pas de choses qui fâchent… On est juste de vieux potes à Melba. Passons aux choses sérieuses, puisqu'on a un peu d'avance. Qui présente un topo rapide de la situation ?

Gabriel s'exécuta. À la fin de sa longue explication, Arnaud grimaça.

— Bien, bien. Donc, je résume : ce sont des professionnels, très bien organisés, équipés de flingues, et nombreux. En un mot une petite armée.

— Tu ne crois pas si bien dire, fit Vieira. Regardez.

Trois Land Rover s'étaient rangées contre le trottoir, face à La Coupole. Gabriel les reconnut tout de suite. Six hommes sortirent et entrèrent dans le restaurant. Les conducteurs restèrent au volant, vitre baissée.

— Merde alors, ils sont encore plus nombreux que nous, fit Freddy.

— Oui, fit Arnaud, mais on va avoir la surprise pour nous. En plus on est beaux, malins comme des singes, et on n'est pas venus sans biscuits.

— Tu oublies un truc important, ajouta Gabriel.

— Dis pour voir…

— C'est nous les gentils.

19 avril, 19h50
Brasserie La Coupole, boulevard du Montparnasse, Paris 14e

Dix minutes avant l'heure fixée, le docteur Louvain entra dans le restaurant, et s'installa à une table pour deux au fond. Il ne restait qu'une Land Rover devant le restaurant, l'une s'étant postée au coin de la rue Delambre, l'autre plus haut dans le boulevard. Le chirurgien ne prêta aucune attention aux deux groupes de jeunes gens aux cheveux très courts qui buvaient leurs bières en silence, l'un en terrasse, l'autre à deux tables de lui.

À dix-neuf heures cinquante-deux, au coin de la rue Stanislas, un vendeur de *L'Itinérant* fit une vente inespérée : vingt numéros d'un coup à un jeune homme qui, sitôt hors de vue, les distribua presque aussitôt à deux autres.

Une minute plus tard, avec synchronisme, deux jeunes couples faisaient leur entrée à La Coupole, l'un côté restaurant, l'autre côté bar. Un brun trapu accompagné d'une blonde aux cheveux ébouriffés, un grand blond aux bras trop longs flanqué d'une petite brune à l'un d'entre eux. Le premier couple s'installa en terrasse, l'autre au fond de la salle, entre Louvain et les tueurs.

À vingt heures précisément, Vieira fit son entrée dans la salle. Son regard croisa celui de Louvain. Il marcha vers lui et s'assit à sa table.

— Docteur Vieira ?

— Oui.

Le médecin lui serra la main.

— Nous n'avons pas beaucoup de temps, docteur. Je m'appelle Jacques Louvain, je suis chef du service de neurochirurgie à l'hôpital Rothschild. J'ai une histoire assez invraisemblable à vous raconter, mais d'abord une réponse à ma question sur Icare ?

— Oui. Perek portait bien un tatouage, fit Vieira, à qui Sylvia l'avait confirmé.

— Mon Dieu… balbutia Louvain. J'avais raison.

Le médecin se tut et fixa ses mains. Son silence parut durer une éternité à Vieira. Enfin, Louvain releva les yeux et parla :

— Je travaille sur les greffes neuronales, docteur Vieira. Mon laboratoire, en collaboration avec une boîte californienne, SysGene, a mis au point voici un an une « colle » biologique, à base de myéline, qui permet de ressouder en quelques secondes un nerf sectionné. Il faut presque quatre jours pour que l'influx nerveux puisse de nouveau parcourir l'axone, mais c'est une révolution pour les greffes nerveuses… Nous en sommes encore au stade des tests. Mais voici deux semaines environ, j'ai été intégré de force à une équipe chirurgicale d'une demi-douzaine de personnes pour une opération incroyable qui a duré près de quarante heures : nous avons tenté de greffer le corps d'un homme sur l'appareil nerveux d'un autre, en utilisant cette colle…

— Pardon ? Que dites-vous ?

— Je vous le répète : nous avons greffé sur un corps la colonne vertébrale, le cervelet, le bulbe rachidien, et la totalité du crâne, globes oculaires compris. En fait, je devrais dire l'inverse : nous avons greffé à un receveur d'une cinquantaine d'années le corps complet d'un jeune homme, qui possédait ce petit tatouage sur l'épaule. Je sais que ça paraît impossible, mais c'est pourtant vrai. Peu après l'opération, libéré, j'ai entendu aux informations une dépêche. Elle concernait ce garçon retrouvé mort à Créteil, cet étudiant qui aimait Matisse. J'ai voulu vous rencontrer le jour même, mais vous aviez déjà un rendez-vous fixé avec un journaliste. Alors, je vous ai téléphoné, demandé de vérifier la présence d'hexamarcaïne et d'azathioprine dans le cadavre, et parlé du tatouage.

— Excusez-moi, mais… Cette greffe… Les chances de survie sont pratiquement nulles…

— A priori, oui. Tout dépendra du niveau d'histocompatibilité. La moelle épinière va nécessairement fabriquer des anticorps. En théorie, quelle que soit la quantité d'azathioprine, on devrait assister à un rejet massif du corps greffé. Curieusement, trois jours après, ce n'était pas encore le cas.

— Vous dites qu'on vous a contraint à effectuer l'opération ?

— Oui. Moi, ainsi que tous mes confrères présents. Nous étions extrêmement tendus.

— Qui sont ces médecins ?

— Je ne peux pas vous le dire. Voyez-vous, ceux qui ont commandé cette opération ne bluffent pas. Il y a quelques mois, j'ai reçu par la poste une cassette vidéo abominable. On y torturait une enfant de six ans. Une lettre très courte l'accompagnait, où il était question de ma fille, de ce qu'elle pourrait subir.

— Et pourtant, nous sommes là… Et vous me parlez…

— Oui… Ma fille est morte voici cinq jours. Et ils ont décidé de me supprimer.

— Je comprends… Puis-je encore vous poser quelques questions ?

Le médecin haussa les épaules.

— Savez-vous où a eu lieu l'opération ?

— Non. Nous avons été acheminés dans un minibus entièrement tôlé, et raccompagnés par le même moyen. Nous avons roulé environ une heure. Lorsqu'ils ont ouvert la porte, nous étions dans une sorte d'hôpital souterrain, en tout cas sans fenêtres. Il y avait là les meilleurs matériels du marché. Et une machine comme je n'en avais jamais vu, capable de sectionner les côtes aussi facilement que du balsa. C'était de la science-fiction.

— Tout ça ne colle pas. Et ces empreintes digitales, qui étaient bien celles du fichier ?

— Quelles empreintes digitales ?

— Une des mains était intacte. Les empreintes correspondaient.

— Ils ont dû amputer une des mains du donneur, la greffer sur le cadavre. Je n'ai pas d'autre explication.

— Et les tests ADN ? Les matières organiques prélevées chez Perek avaient le même ADN.

— J'y ai pensé : ils ont sans doute remplacé les objets quotidiens du donneur par ceux du receveur, brosse à dents, brosse à cheveux, etc. Ils sont très organisés...

— C'est vrai... Mais à votre avis, pourquoi avoir choisi ce gosse ?

— J'ai tourné la chose dans tous les sens. Il n'y a qu'une solution, mais elle est terrifiante. Pour que la greffe fonctionne, il faudrait quelqu'un de très proche génétiquement. Je suis maintenant persuadé que Philippe Perek était le fils du receveur, même s'il ne le savait pas lui-même.

— Cet homme aurait organisé le meurtre de son propre fils ?

— C'est la seule explication plausible. Il a pu connaître sa mère il y a vingt ans. Vous savez, on a fait le test en Angleterre : sur un échantillon statistique, le mari n'était le père génétique que de trois enfants sur quatre...

Vieira jeta un coup d'œil à Gabriel. Ce dernier déplia le journal et le replia. Il était huit heures neuf exactement, à toutes les montres. Le Poulpe se leva et descendit aux toilettes.

— Monsieur Louvain, écoutez-moi attentivement, souffla Vieira. Il est temps de vous le dire : vous avez été suivi et nous sommes en danger. Heureusement, nous avons des amis dans la salle. Dans une minute exactement, il va y avoir de l'action. Tenez-vous prêt. Nous nous lèverons ensemble et nous courrons le plus vite possible vers la porte. Vous vous sentez capable de ça ?

Le médecin serra les poings.

— Ce sera quand vous voudrez.

À la terrasse, Arnaud se leva, posa quelques pièces sur la table et sortit sur le trottoir. Il s'approcha de cinq motos rangées en épi, à dix mètres de là, et alluma les moteurs les uns après les autres. Il s'assit tranquillement sur l'une d'elles et attendit. La scène était déjà bizarre en elle-même, mais un passant attentif aurait pu remarquer une étrangeté supplémentaire : du ruban adhésif noir recouvrait les plaques d'immatriculation.

Huit heures dix : chaque conducteur de Land Rover vit s'approcher de lui un vendeur de *L'Itinérant.* À l'instant où il allait lui demander de s'éloigner, le SDF lui projeta dans les yeux une puissante giclée de gaz lacrymogène, avant de se mettre à courir à toutes jambes. Si les chauffeurs avaient encore eu des yeux pour voir, ils auraient constaté que leur vendeur s'enfuyait vers La Coupole et y enfourchait une moto.

Au même instant à peu près, Gabriel remontait du sous-sol, d'où commençait à sortir en volutes noires une fumée dense. Le Poulpe se dirigea vers le bar et s'arrêta au milieu de la salle. Sylvia se leva, une cigarette éteinte à la main, marcha droit sur la table des tueurs, souriante. En terrasse, la jeune blonde répéta les mêmes gestes à destination de la seconde tablée. Avec un synchronisme parfait, les deux jeunes femmes appuyèrent sur le paquet de cigarettes qu'elles tenaient de la main droite. Deux jets violents et prolongés de gaz lacrymogène en jaillirent.

Afin d'ajouter au tumulte, Gabriel se mit à hurler : « Au feu ! À l'incendie ! », tandis que Vieira entraînait Louvain vers la sortie. Les tueurs, aveuglés, hurlaient de douleur. L'un d'eux, fou de colère, sortit un revolver et tira au hasard, accroissant la panique dans le restaurant.

Le Poulpe se précipita vers la sortie, renversant les chaises, les dessertes et les tables sur son passage, suivi de Sylvia qui vidait consciencieusement le reste de la bombe derrière elle.

Au moment de grimper derrière Arnaud sur la moto, Gabriel risqua un œil en arrière sur la salle dévastée et enfumée. Il y avait fort à parier que La Coupole ferait un tout petit chiffre ce soir. Il était non moins clair qu'il lui faudrait attendre un certain temps avant de pouvoir y remettre les pieds. Le Poulpe eut un petit rire de gorge.

De toute façon, il n'aimait pas le genre des clients.

20 avril, 00 h 45
Hôtel La Drôme, 7, rue Lambert, Paris 18^e

Les motos avaient roulé dans Paris jusqu'à la rive droite, puis, parce qu'il fallait bien s'arrêter, jusqu'à une crêperie de Montmartre. On s'était congratulé, on avait chanté victoire, on avait mangé, bu, et même ri, pour exorciser la peur et conjurer la mort. Mais l'heure avançant, il avait fallu se rendre à l'évidence : la bataille était mal engagée, le corps de Philippe avait été incinéré, Roux était mort, et Louvain ne témoignerait jamais.

S'il avait ressenti ce soir le besoin de se confier, il craignait désormais que des dizaines d'innocents, les enfants, les compagnes des autres chirurgiens, ne payent ses aveux d'une mort affreuse. Et il manquait encore tellement de pièces au puzzle. Vieira, de son côté, décida qu'il était urgent d'attendre : le lendemain, la famille de Philippe organisait une cérémonie. On s'y retrouverait. La nuit aurait porté conseil. On prendrait les bonnes décisions.

Aussi, vers minuit, le groupe s'était éclaté. Vieira avait proposé d'héberger Louvain, qui avait accepté. Les motards étaient repartis. Gabriel et Sylvia avaient préféré rentrer à pied.

— Gabriel, ils ne s'arrêteront pas là. Il y avait tous nos noms dans ce fichier.

— Sans le témoignage de Louvain, on ne va nulle part. Et si tu fais le bilan, ce qu'il sait ne mène à rien.

— À la SOVES, tout de même…

— Louvain nous l'a dit, il n'a jamais vu Frossard. C'est impossible de les impliquer.

Sylvia s'était tue. Ils avaient gravi lentement les escaliers de pierre de la rue Paul-Albert, avant de redescendre le village Nicolet. Le silence s'était installé. Parvenu devant l'hôtel de la Drôme, Gabriel s'était tourné vers la jeune fille. Il avait voulu parler, mais elle avait posé deux doigts sur ses lèvres, et s'était blottie dans ses bras.

Sans un mot, ils étaient montés jusqu'à la chambre. Elle avait refermé la porte, l'avait poussé contre le mur et embrassé avec une énergie désespérée. Puis elle avait éloigné ses lèvres des siennes, l'avait regardé longtemps, sans un mot.

Soudain, elle posa sa tête sur son épaule. Gabriel sentit fondre sur lui sa chaleur et sa fatigue, et l'attira vers le lit, dans ses bras. Elle se recroquevilla sur sa poitrine et ferma les yeux.

— S'il te plaît… Raconte-moi une histoire…

Un nuage passa devant la lune et l'obscurité envahit la chambre. Gabriel lui caressa doucement la joue et ferma lui aussi les paupières.

— C'est une légende que racontent les Indiens du nord du Canada… Elle se passe il y a très très longtemps, avant même que le monde n'ait été créé, à l'époque où la terre était tout entière recouverte d'eau. Le Grand Manitou appela le puissant castor et lui dit : « Plonge au fond de l'océan, castor, rapporte-moi du sable, et je créerai le monde. » Le castor plongea, mais c'était si profond qu'il ne parvint pas à moitié de la distance. Alors, le Grand Manitou appela la loutre. Il lui dit : « À toi de plonger, loutre, rapporte-moi du sable, et je créerai le monde. » Mais la loutre elle aussi échoua dans sa tentative. Ce fut enfin le tour du petit rat musqué de proposer ses services au Grand Manitou. La loutre et le castor se moquèrent du petit rat musqué, mais le Grand Manitou leur fit signe de se taire et accepta son offre : alors, le petit rat musqué plongea dans l'eau glacée. Les minutes puis les heures passèrent. Le petit rat musqué ne reparaissait pas. Plus tard, bien plus tard, son corps fragile remonta à la surface, figé par la mort et le froid, ses pattes serrées dans l'effort. Alors, dans l'une d'elles, le Grand Manitou découvrit un minuscule grain de sable. Et tu vois, Sylvia, c'est à partir de ce minuscule grain de sable que le Grand Manitou construisit toutes les îles et les continents.

Gabriel rouvrit les yeux. La jeune femme dormait déjà profondément.

20 avril, 8 h 45
Hôtel La Drôme, 7, rue Lambert, Paris 18^{e}

Le baiser de Sylvia éveilla Gabriel. Il s'étira comme un grand chat et la serra contre lui. À l'aube, ils avaient fait l'amour, avec tendresse et retenue, presque en silence, comme pour jouir de ce bruit si intime des souffles et des corps. Elle sentait encore le parfum de la nuit.

— Debout, mon doux… dit-elle. J'ai faim. Au fait, tu as ronflé…

Gabriel grogna et se leva. Il tenta d'appeler Freddy sur le portable, mais personne ne répondit.

20 avril, 9 heures
Brasserie Le Soleil de la Butte, rue Muller, Paris 18e

Freddy était décidément injoignable.

— J'y vais, décida Sylvia. La cérémonie a lieu à onze heures. Je voudrais prendre une douche et me changer.

Le Poulpe hocha la tête et la regarda s'éloigner, songeur. Il bâilla. Un second café lui ferait du bien. Il fit quelques pas vers le bar, et s'arrêta, frappé de stupeur. Il retrouvait, sur le poster de la société de pêche, le poisson entrevu sur le serveur. *John Dory.* Le saint-pierre. Le nom savant était indiqué en dessous : *Zeus Faber.*

— Eh oui, monsieur Lecouvreur. *Zeus Faber.* Le dieu artisan.

Une voix grave, à l'accent chantant. Un accent nordique. Suédois, finlandais ?

Gabriel se retourna. Un grand type blond, mince, buvait un chocolat, assis à une table. En tee-shirt, malgré le froid du matin, et plutôt beau gosse, visage jeune mais marqué, pattes-d'oie au coin des yeux, genre Steve McQueen. Le blond eut un sourire engageant et fit signe de le rejoindre. Le Poulpe s'approcha, et, intrigué, s'assit sur un siège face à lui.

— Nous nous connaissons ? demanda Gabriel.

— Moi oui. Vous non.

L'homme porta la tasse à ses lèvres et but une nouvelle gorgée.

— Savez-vous, monsieur Lecouvreur, que vous me devez la vie ?

— Pardon ?

— Je disais que vous me deviez d'être encore en vie. Je ne peux que vous féliciter. Hier soir, à La Coupole, c'était du grand art. Malheureusement, vous avez oublié le principe de base de toute opération.

— Lequel ?

— La deuxième équipe, monsieur Lecouvreur, la deuxième équipe... La première est lourde, visible, elle mobilise trois énormes 4 × 4. Tenez, c'est bien simple, on ne voit qu'elle. La seconde est légère, mobile, discrète. Et elle suit, à moto, évidemment.

— Je vois. Et pourquoi me racontez-vous tout ça ?

— Parce que vous m'êtes sympathique, monsieur Lecouvreur.

— Bon, ça suffit. Où avez-vous appris mon nom ?

— Toujours pareil, la deuxième équipe. Vieira se méfie d'une grosse Mercedes, alors on lui met devant le nez la grosse Mercedes, et il est si fier de l'avoir semée qu'il ne repère même pas la moto. Il nous guide jusqu'au Canon de la Nation, la suite est un jeu d'enfant.

— Personne ne nous a suivis. J'en suis sûr.

— Vos verres de bière, Gabriel... Je peux vous appeler Gabriel ? Les empreintes sur les chopes. On présente une jolie carte de police au garçon, on lui glisse deux cents francs, et le tour est joué. Après, il suffit d'un peu de relations pour obtenir votre nom. Et ce ne sont pas les relations qui nous manquent.

Gabriel soupira. Steve McQueen respecta une longue pause.

— Et maintenant ?

— Eh bien, on arrête tout, Gabriel. Les filatures, les interrogatoires sous hypnose, les visites intempestives à de pauvres exécutants ignorants. On remet les pendules à zéro, on oublie tout.

— Ah bon ?

— Eh oui. Sinon, exit Frédéric Pascaux, exit Théo Vieira. Adieu aussi, les petits gauchistes redresseurs de tort. J'ordonne la grande lessive. Avec un traitement spécial pour Melle Saglio, et peut-être pour une certaine... Cheryl ? Charmante, mais quel prénom, vraiment, vous ne trouvez pas ?

Gabriel enfonça ses mains dans ses poches. Il éprouva le froid rassurant de l'acier du Beretta.

— Toute cette énergie, toutes ces menaces pour protéger un milliardaire cancéreux, un vieux dégueulasse qui fait enlever et tuer son propre fils pour utiliser son corps, cracha le Poulpe.

— Son propre fils ? Ah ! Mais vous êtes loin du compte, Gabriel... Et moi qui pensais que Louvain avait compris... Tant pis pour lui. De toute façon, son sort est déjà réglé.

Le grand blond acheva sa tasse de chocolat.

— Si je suis là, ce n'est pas pour négocier. J'ai toutes les cartes en main. Je pourrais vous éliminer tous. Chaque fois, cela aurait l'air d'un accident. Cela se passerait au moment où vous vous y attendez le moins. Vous vivriez chaque instant dans la peur.

— Qu'est-ce qui vous en empêche ?

— Voyez-vous, Gabriel, un assassinat – je veux dire un assassinat propre, sans bavure, qui passe pour un accident –, cela coûte cher. Vous neutraliser tous reviendrait à un million de francs. Je vous offre un café pour économiser ce million. De toute évidence, vous n'êtes pas un vrai danger… D'ailleurs, quand bien même vous auriez compris, personne ne vous aurait cru. Vous pourriez à peine en faire un polar… Non, vous êtes juste, comme disent les Anglais, *a pain in the ass,* une douleur dans le cul, un emmerdeur. Alors, vous suivez mes conseils et je vous offre un très long sursis. Et même, qui sait ? je vous oublierai peut-être. C'est honnête, non ?

— Qu'est-ce qui me garantit que vous tiendrez votre promesse ?

— Rien, je le reconnais. Mais avez-vous vraiment le choix ?

L'homme marqua une pause et poursuivit, en souriant :

— J'aimerais aussi que vous me rendiez la valise. Vous savez, les deux cent mille francs. On n'apprécierait pas que je gaspille. Gardez vingt ou trente mille francs. Pour vos frais. Je comprendrai.

— Et si je vous descendais, là, tout de suite ? lâcha le Poulpe, la main sur la crosse du Beretta.

— Vous êtes un garçon intelligent, Gabriel. Qu'est-ce que ça changerait ? Vous, moi, ce pauvre Perek, nous ne sommes rien. Rien du tout. Permettez-moi de vous rappeler un chiffre : cinq cents personnes possèdent la moitié de la planète. Des gens discrets, dont on ne parle pas, dont vous ignorez à coup sûr les noms. Vous n'aurez plus l'occasion de croiser leur route. Et pourtant, ils peuvent tout, des choses que vous supposez impossibles, d'autres que vous n'imaginez même pas. Qu'est-ce que vous croyez, mon pauvre ami ? Si vous me descendiez, comme vous dites, on me remplacerait dans une heure.

— Qui est « on » ?

— Des gens qui possèdent tout, je vous l'ai dit, mais à qui il échappe encore quelque chose…

— J'espère que vous êtes bien rémunéré pour ce travail ? ironisa le Poulpe, plaçant dans sa voix autant de mépris qu'il le pouvait.

Le Suédois ne releva pas.

— Je vous remercie de votre sollicitude. Disons que je serai un jour encore mieux remercié que vous ne pourriez le rêver.

— J'ai encore une question à vous poser.

— Allez-y, Gabriel. Je verrai si je peux vous répondre.

— Pourquoi ne pas avoir fait disparaître le corps de Philippe Perek ? Vous auriez évité tous ces soucis.

— C'est vrai. Mais j'en aurais eu d'autres. Dans le cas qui nous préoccupe, un bon cadavre valait toujours mieux qu'une mauvaise disparition. Il était malin, très malin, ce jeune Perek. À partir de je ne sais quel indice, il avait remonté le fil d'Ariane, tout seul, et le moment approchait où il aurait tout compris. Je vais même vous faire un aveu : je suis bon diable, sa jeunesse me touchait, j'ai tenté de le mettre en garde. Mais son avenir était scellé depuis bien trop longtemps…

Steve McQueen posa un billet sur la table, enfila un pull et se leva.

— Notre entretien s'achève donc sur cette ultime énigme, Gabriel. Je suis contraint de vous quitter. Encore une fois, réfléchissez.

Le Poulpe, impuissant, le regarda s'éloigner, les mains dans les poches, vers les jardins de Montmartre ensoleillés.

EN GUISE D'ÉPILOGUE

23 avril, 16 h 30
Au Pied de Porc à la Sainte-Scolasse,
avenue Ledru-Rollin, Paris 11e.

« Dramatique accident sur l'autoroute du Nord.

Une jeune femme a trouvé une mort affreuse hier matin à l'aube lorsque sa voiture a percuté un camion-citerne rempli d'essence dans une aire de repos peu avant la sortie de Montdidier. Son corps a été broyé et carbonisé dans l'accident.

La conductrice, Sophie Beaucaste, vingt ans, n'avait pas reparu à son domicile depuis quelques jours. Les premiers éléments de l'enquête semblent prouver, selon la police, qu'il pourrait s'agir d'un suicide. »

Le Poulpe reposa la coupure du *Parisien* sur le zinc et observa longuement le mauvais cliché de la jeune femme aux cheveux noirs.

Sylvia le lui avait tendu, ce matin, sans un mot. Elle lui avait jeté un regard froid, qui disait combien elle lui en voulait d'avoir compris, à cause de lui, que le mot « impossible » avait un sens, qu'on ne pouvait pas toujours triompher de tout.

Gabriel but une gorgée amère de gueuze. Vieira lui avait appris la veille le suicide de Louvain. Il s'était injecté dans les veines un cocktail lytique, à une dose qui ne pardonnait pas. Demain, sans doute, *Le Monde* accorderait un article nécrologique élogieux à ce neurochirurgien hors pair, ébranlé par la mort de sa fille unique, trois jours plus tôt.

— Ça ne va pas, Gaby ? gouailla Gérard. Tu nous tires la tête ? C'est les méchants qui ont gagné ? Remets-toi : quand on n'a plus pied, faut aller jusqu'au fond de la piscine pour prendre appel et remonter, mon gars. D'ailleurs, tous les noyés te le diront : au fond de la piscine, on a pied.

Gabriel secoua la tête sans sourire. Il sortit de sa poche le *Paris-Match* de mars 1960. John Fitzgerald Kennedy faisait la couverture. Le Poulpe ouvrit le magazine à la page 24. Ses yeux, une fois de plus, ne purent se détacher de ce cliché d'un garçon blond au visage rond, entouré de jeunes beautés féminines, ce cliché qu'il n'oserait jamais montrer à Sylvia. La légende disait : *« Le jeune magnat du pétrole Priam S. Chambers fête ses vingt ans, en fort galante compagnie. »*

Hasard fortuit : Priam S. Chambers venait de mourir dans un accident d'avion. Son jet s'était abîmé en mer d'Irlande voici cinq jours. Malgré les recherches, on n'avait retrouvé aucun survivant.

Priam S. Chambers ne ressemblait pas à Philippe Perek. Ou plutôt, ressembler n'était pas le mot qui convenait. Philippe Perek était sa copie conforme.

Son double absolu. Son clone génétique parfait, comme aurait dû le déduire Louvain.

L'hypothèse avait d'abord paru insensée à Gabriel. Mais elle expliquait tout. Et d'autres détails venaient la renforcer. Ainsi, comme le Poulpe en avait eu la confirmation par un parent lors de la cérémonie de l'avant-veille, la «mère» de Philippe avait suivi un traitement contre la stérilité. Opérée en janvier 1977, elle n'avait rien dû connaître de la manipulation qu'avait subie l'ovule fécondé. Les chromosomes de l'embryon de son fils avaient été, à son insu, remplacés par ceux du noyau d'une cellule de Priam Chambers. L'Américain avait attendu vingt ans et l'urgence d'un cancer pour prendre possession de ce corps tout neuf qui l'attendait.

Par quel hasard ce *Paris-Match* était-il tombé dans les mains de Philippe Perek ? Comment était-il arrivé à remonter la piste jusqu'à ce terrible secret ? Le Poulpe ne le saurait jamais. Il disposa à côté de la photo de Priam S. Chambers celle de la jeune femme décédée. En cet instant, quelque part, une milliardaire vieillissante retrouvait sans doute elle aussi, dans la dépouille de Sophie Beaucaste, sa jeunesse enfuie.

Une jeune femme, accompagnée d'un petit garçon d'une dizaine d'années, poussa la porte du Pied de Porc. L'enfant réclama une grenadine. Le Poulpe le regarda longuement, puis sa mère, soudain pétrifié, scrutant dans leurs traits si dissemblables une preuve irréfutable de leur hérédité.

L'opération Zeus Faber ne faisait que commencer.

DU MÊME AUTEUR

Aux Éditions Gallimard

L'ANOMALIE, 2020, Folio nº 7096.

Aux Éditions Le Castor Astral

JOCONDE JUSQU'À 100 (ET PLUS SI AFFINITÉS), 2019.

LES OPOSSUMS CÉLÈBRES, 2007.

ESTHÉTIQUE DE L'OULIPO, 2006.

JOCONDE SUR VOTRE INDULGENCE, 2002.

ENCYCLOPÆDIA INUTILIS, 2002.

QUELQUES MOUSQUETAIRES, 1999.

INUKSHUK, L'HOMME DEBOUT, 1999.

JOCONDE JUSQU'À 100, 1998.

LES AMNÉSIQUES N'ONT RIEN VÉCU D'INOUBLIABLE, 1997.

Aux Éditions JC Lattès

TOUTES LES FAMILLES HEUREUSES, 2017, Le Livre de Poche nº 36181.

MOI ET FRANÇOIS MITTERRAND, 2016.

ELÉCTRICO W, 2011.

ASSEZ PARLÉ D'AMOUR, 2009.

Chez d'autres éditeurs

DEMANDE AU MUET, Nous, 2015.

CONTES LIQUIDES, de Jaime Montestrela, L'Attente, 2013.

JUSTE UN FROMAGE, Hatier, 2012.

L'HERBIER DES VILLES, collages et haïkus, Textuel, 2010.

JE M'ATTACHE TRÈS FACILEMENT, Mille et Une Nuits, 2007.

LA CHAPELLE SEXTINE, L'Estuaire, 2005 (réédition Le Castor Astral, 2015).

CITÉS DE MÉMOIRE, Berg International, 2004.

GUERRE ET PLAIES, Eden Productions, 2003.

ZINDIEN suivi de MARABOULIPIEN, Syllepse, 2001 (réédition Le Castor Astral, 2009).

LA DISPARITION DE PEREK, « Le Poulpe », Baleine, 1997, Folio Policier nº 961.

DE SINCERITA WITH LAS MUJERES, Plurielle, 1996.

L'ORAGE EN AOÛT, La lettre volée, 1995.

LE VOLEUR DE NOSTALGIE, Seghers, 1991 (réédition Le Castor Astral, 2005).

SONATES DE BAR, Seghers, 1991 (réédition Le Castor Astral, 2001).

COLLECTION FOLIO POLICIER

Dernières parutions

855.	Akimitsu Takagi	*Irezumi*
856.	Pierric Guittaut	*La fille de la Pluie*
857.	Marcus Sakey	*Les Brillants III En lettres de feu*
858.	Matilde Asensi	*Le retour du Caton*
859.	Chan Ho-kei	*Hong Kong Noir*
860.	Harry Crews	*Des savons pour la vie*
861.	Mons Kallentoft, Markus Lutteman	*Zack II Leon*
862.	Elsa Marpeau	*Black Blocs*
863.	Jo Nesbø	*Du sang sur la glace II Soleil de nuit*
864.	Brigitte Gauthier	*Personne ne le saura*
865.	Ingrid Astier	*Haute Voltige*
866.	Luca D'Andrea	*L'essence du mal*
867.	DOA	*Le cycle clandestin, tome II*
868.	Gunnar Staalesen	*Le vent l'emportera*
869.	Rebecca Lighieri	*Husbands*
870.	Patrick Delperdange	*Si tous les dieux nous abandonnent*
871.	Neely Tucker	*La voie des morts*
872.	Nan Aurousseau	*Des coccinelles dans des noyaux de cerise*
873.	Thomas Bronnec	*En pays conquis*
874.	Lawrence Block	*Le voleur qui comptait les cuillères*
875.	Steven Price	*L'homme aux deux ombres*
876.	Jean-Bernard Pouy	*Ma ZAD*
877.	Antonio Manzini	*Un homme seul*
878.	Jørn Lier Horst	*Les chiens de chasse*
879.	Jérôme Leroy	*La Petite Gauloise*

880.	Elsa Marpeau	*Les corps brisés*
881.	Sonja Delzongle	*Boréal*
882.	Patrick Pécherot	*Hével*
883.	Attica Locke	*Pleasantville*
884.	Harry Crews	*Car*
885.	Caryl Férey	*Plus jamais seul*
886.	Guy-Philippe Goldstein	*Sept jours avant la nuit*
887.	Tonino Benacquista	*Quatre romans noirs*
888.	Melba Escobar	*Le salon de beauté*
889.	Noah Hawley	*Avant la chute*
890.	Tom Piccirilli	*Les derniers mots*
891.	Jo Nesbø	*La soif*
892.	Dominique Manotti	*Racket*
893.	Joe R. Lansdale	*Honky Tonk Samouraï*
894.	Antoine Chainas	*Empire des chimères*
895.	Jean-François Paillard	*Le Parisien*
896.	Luca d'Andrea	*Au cœur de la folie*
897.	Sonja Delzongle	*Le hameau des Purs*
898.	Gunnar Staalesen	*Où les roses ne meurent jamais*
899.	Mons Kallentoft, Markus Lutteman	*Bambi*
900.	Kent Anderson	*Un soleil sans espoir*
901.	Nick Stone	*Le verdict*
902.	Lawrence Block	*Tue-moi*
903.	Jørn Lier Horst	*L'usurpateur*
904.	Paul Howarth	*Le diable dans la peau*
905.	Frédéric Paulin	*La guerre est une ruse*
906.	Paul Colize	*Un jour comme les autres*
907.	Sébastien Gendron	*Révolution*
908.	Chantal Pelletier	*Tirez sur le caviste*
909.	Sonja Delzongle	*Cataractes*
910.	Elsa Marpeau	*Son autre mort*
911.	Joe Ide	*Gangs of L.A.*
912.	Francesco Dimitri	*Le livre des choses cachées*
913.	Jo Nesbø	*Macbeth*
914.	Dov Alfon	*Unité 8200*
915.	Jérôme Leroy	*Un peu tard dans la saison*
916.	Pasquale Ruju	*Une affaire comme les autres*

917. Jean-Bernard Pouy — *Trilogie spinoziste*
918. Abir Mukherjee — *L'attaque du Calcutta-Darjeeling*
919. Richard Morgiève — *Le Cherokee*
920. Antonio Manzini — *La course des hamsters*
921. Gunnar Staalesen — *Piège à loup*
922. Christian White — *Le mystère Sammy Went*
923. Yûko Yuzuki — *Le loup d'Hiroshima*
924. Caryl Férey — *Paz*
925. Vlad Eisinger — *Du rififi à Wall Street*
926. Parker Bilal — *La cité des chacals*
927. Emily Koch — *Il était une fois mon meurtre*
928. Frédéric Paulin — *Prémices de la chute*
929. Sonja Delzongle — *L'homme de la plaine du nord*
930. Sébastien Rutés — *Mictlán*
931. Thomas Cantaloube — *Requiem pour une République*
932. Danü Danquigny — *Les aigles endormis*
933. Sébastien Gendron — *Fin de siècle*
934. Jørn Lier Horst — *Le disparu de Larvik*
935. Laurent Guillaume — *Là où vivent les loups*
936. J. P. Smith — *Noyade*
937. Joe R. Lansdale — *Rusty Puppy*
938. Dror Mishani — *Une deux trois*
939. Deon Meyer — *La proie*
940. Jo Nesbø — *Le couteau*
941. Joe Ide — *Lucky*
942. William Gay — *Stoneburner*
943. Jacques Moulins — *Le réveil de la bête*
944. Abir Mukherjee — *Les princes de Sambalpur*
945. Didier Decoin — *Meurtre à l'anglaise*
946. Charles Daubas — *Cherbourg*
947. Chantal Pelletier — *Nos derniers festins*
948. Richard Morgiève — *Cimetière d'étoiles*
949. Frédéric Paulin — *La fabrique de la terreur*
950. Tristan Saule — *Mathilde ne dit rien*
951. Jørn Lier Horst — *Le code de Katharina*
952. Robert de Laroche — *La Vestale de Venise*
953. Mike Nicol — *L'Agence*

Tous les papiers utilisés pour les ouvrages
des collections Folio sont certifiés
et proviennent de forêts gérées durablement.

Composition APS-ie
Impression Maury Imprimeur
45330 Malesherbes
le 9 mai 2022
Dépôt légal : mai 2022
numéro d'imprimeur : 262597

ISBN 978-2-07-296522-7 / Imprimé en France

401728